Jens Wonneberger

Infarkt

Roman

Steidl

1. Auflage 2004

Umschlaggestaltung: Steidl Design/Claas Möller
Satz, Druck, Bindung:
Steidl, Düstere Straße 4, D-37073 Göttingen
Printed in Germany
ISBN 3-88243-983-1

Die Hochspannungsleitungen, die sich gewöhnlich in sanften Bögen den Horizont entlang über die Felder ziehen, wippten auf und ab, langsam und gleichmäßig zunächst, dann aber, als Michalke das Ortsschild erreicht hatte und nun wie um sein Leben rannte, vibrierten die Drähte immer heftiger und zerrten die Masten hin und her, bis diese schließlich genau in dem Moment umkippten, da Michalke am ersten Grundstück der Vorortsiedlung anhielt. Er beugte seinen bebenden Oberkörper nach vorn und suchte, die Hände an den Knien, nach einem Halt. Jetzt hätte er eigentlich langsam weitergehen müssen, den Oberkörper aufgerichtet und tief durchatmend, so lange, bis die Leitungen sich wieder beruhigten. Aber wie immer verharrte Michalke auch heute in dieser Haltung und genoß den Augenblick, da das Blut ihm in den Kopf schoß, er die Hitze auf den Wangen spürte und ihn ein Schwindelgefühl überkam, das so stark werden konnte, daß er zu straucheln drohte und sich wenigstens für einige Sekunden des wirklichen Zusammenbruchs der Hochspannungsmasten sicher war.

Viele joggten hier am Stadtrand, alte Männer mit verbissenen Mienen, die hoffen, dem Tod immer ein Stück voraus zu sein, oder diese Fit-for-fun-Typen, die die Produktion von Freizeitmode stützen und Kraft sammeln für Dinge, für die sie vor lauter Rennerei nie Zeit finden werden. Aber Michalke glaubte mit einiger Sicherheit sagen zu können, daß er der einzige war, der es nur für diesen einen kurzen Moment tat, für den Moment des Schwindels, in dem die Hochspannungsmasten und mit ihnen natürlich die ganze Stadt in sich zusammenstürzten. Vielleicht war es das, was manche Grenzerfahrung nennen. Michalke konnte mit diesem Begriff nichts anfangen, er hatte das Gefühl, daß ihn andere nur gebrauchen, wenn ihnen nichts anderes mehr einfällt, wenn sie ihren völlig nutzlosen Taten, die er Verzweiflungstaten nannte, die Weihen philosophischer Bedeutsamkeit geben zu müssen glauben.

Er verabscheute das Laufen, und noch mehr als das Laufen verabscheute er die Läufer. Wahrhaft erniedrigend aber war es, einem dieser Läufer beim Laufen zu begegnen und von diesem als einer der Ihren angesehen zu werden. Noch verfahrener freilich wurde die Situation, wenn er bei einem dieser Läufer seine eigene Abscheu vor dem Laufen und den Läufern wiederzuentdecken glaubte und von diesem dann mit einer heimlichen Verachtung gestraft wurde, die mit ihm ja den Falschen traf. Aber, sagte er sich dann immer wieder, dieser glückliche Augenblick der Rache, da die feindliche Stadt, in der er sonst täglich zu versinken drohte, endlich selbst versank, war all das wert.

Michalke stand noch einen Moment da, sein Atem wurde ruhiger, und er richtete sich auf, noch bevor die Täuschung, der er gerade erlegen war, ihm bewußt werden konnte. Er vermied es, noch einmal über die Felder zu sehen, wo jetzt alles wieder so war, als sei nichts geschehen, und über denen die Hochspannungsleitungen nun wieder ihre sanften Bögen zogen, während er zurückmußte, zurück in die Aufgeregtheit der Stadt. Er sah, wie ein Mann in dem Haus, vor dem er stand, das Fenster öffnete und gleich darauf, noch bevor ihre Blicke sich hätten treffen können, wieder in der Wohnung verschwand. Der Mann hatte ihn nicht bemerkt, Michalke war darüber froh, weil ihm jede Begegnung in dieser von ihm als kompromittierend empfundenen Situation unangenehm war. Er ging rasch weiter und stieg in das Auto, mit dem er wie jeden Tag in aller Frühe bis hierher zum Stadtrand gefahren war. Schon wenig später freilich, als ihn die Stadt wieder aufgesogen hatte, wunderte er sich darüber, wie leicht es ihm jedesmal fiel, sich selbst zu überlisten, und wie ihm die doch offensichtliche Täuschung immer wieder zu einem momentanen Gefühl der Genugtuung verhalf. Jeden Morgen der gleiche fehlschlagende Fluchtversuch.

Blick frei geradeaus, dachte Grundmann zufrieden, als er den Läufer das Ortsschild passieren sah, dann aber, als der Mann nach einem albernen Endspurt direkt vor seinem Fenster abrupt anhielt und mit hochrotem, nach vorn gebeugtem Kopf verharrte, wich jede Befriedigung aus seinem Gesicht. Wie oft hatte er den Schlappschwänzen damals gesagt, daß sie nach dem Lauf nicht stehenbleiben dürften, daß sie statt dessen weitergehen sollten. Er hatte ihnen die vorschriftsmäßige Atmung vorgeführt, ihnen sogar, wenn sie nach den wenigen Runden Morgensport keuchend herumstanden, mit Wiederholung nach Dienstschluß gedroht. Sie sollten schließlich etwas fürs Leben lernen. Einen Moment lang konnte Grundmann der Versuchung, zum Fenster zu gehen und den Jogger, allein das Wort verursachte ihm Übelkeit, zurechtzuweisen, nicht widerstehen; und als er das Fenster bereits geöffnet hatte, spürte er wieder diesen Kloß im Hals, der ihm seit Jahren das Sprechen in der Öffentlichkeit erschwerte, ja meist sogar unmöglich machte. Rasch trat er zur Seite und verbarg sich hinter den Vorhängen. Sein Herz schlug so schnell, als sei er selbst, und nicht jener Fremde vor dem Fenster, soeben von einem Lauf über die Felder zurückgekehrt. Grundmann wußte nicht, was er tun sollte, auf dem Tisch lag noch immer ausgebreitet das Meßtischblatt, doch die Ruhe, der es bedurft hätte, sich wieder in seine Vergangenheit hineinzudenken, war zerstört. Nervös biß er sich immer wieder auf die Unterlippe, walkte das weiche Fleisch zwischen den Zähnen bis es schmerzte, zündete sich schließlich eine Zigarette an und ließ seinen Blick durch das Wohnzimmer schweifen. Die Schrankwand im Stil einer Epoche, die keinen Stil hatte, das abgewetzte Sofa, das Regal mit den verstaubten Büchern, alles sah aus, als sei die Wohnung vor Jahren verlassen worden. Armselig, dachte er, wie armselig das doch alles ist. Auf der Anrichte stand eine leere Flasche Schnaps, um sie herum war das Furnier fleckig, die Feuchtigkeit hatte es an einigen Stellen gelöst und zu Blasen aufgeworfen. Grundmann sah hinüber zum Tisch, der, an beiden Seiten ausgezogen, in der Mitte des Zimmers stand. Dort wenigstens hatte alles seine Ordnung. Das helle Grün des Meßtischblattes und das Wissen, daß er es schon in aller Frühe genau nach Norden ausgerichtet hatte, beruhigten ihn ein wenig. Er versuchte sich der Namen einiger Waldwege und der Zahlen der sie verbindenden Schneisen zu erinnern. Niederer Viehweg, Reitsteig, Diebssteig, Langer Flügel... Er sagte leise einige Entfernungen und Koordinaten auf, wie ein Gebet murmelte er die Zahlen vor sich hin. Doch gerade, als er die Position des roten Kreises rekapitulierte, den er als Ausgangspunkt seiner heutigen Übung auf die über das Meßtischblatt gelegte Folie gemalt hatte, wurde draußen ein Auto angelassen, das gleich darauf davonfuhr. Instinktiv schaute Grundmann zur Uhr, es war exakt sieben Uhr und achtunddreißig Minuten. Sieben Uhr achtunddreißig, ich muß mir die Zeit merken, dachte er. Falls irgendwann, man konnte in der heutigen Zeit ja nie wissen, es herrschte ja keine Ordnung mehr, überall regierte das Verbrechen, falls also seine Zeugenschaft gefragt sein sollte, würde er sich genau erinnern können. Die vier Ws, er wußte Bescheid, wer hat wann wo was gesehen. Grundmann, würde er sagen, Hans Grundmann, natürlich kann ich Angaben machen, würde er sagen, sieben Uhr achtunddreißig, exakt, auf die Minute, Irrtum ausgeschlossen, ja selbstverständlich, auch beschreiben kann ich den jungen Mann, würde er sagen, einsachtundsiebzig groß, kurze, dunkle Haare, Dreitagebart, eher unauffällig, aber so ein lächerlich buntes Sportzeug, kein geübter Läufer, keine Selbstbeherrschung, eher ein Jogger, wenn Sie wissen, was ich meine, würde er sagen, natürlich, ganz sicher würde ich ihn wiedererkennen, jederzeit. Plötzlich aber fiel ihm ein, daß er das Auto nicht gesehen hatte, mit dem der Fremde davongefahren war, daß er, seinen Gefühlen nachgebend und also einer unverzeihlichen Schwäche erlegen, seinen Posten vorzeitig verlassen hatte und diesbezüglich keine Angaben würde machen können. Typ, Kennzeichen, ungefähres Baujahr, alles Fehlanzeige, nicht einmal die Farbe wußte er. Nichts Genaues, würden sie denken, nichts Verwertbares, die Aussagen eines alten Mannes, eines Wichtigtuers, eines Schwätzers. Grundmann stand an die Wand gelehnt und begann zu zittern, so weit also war es mit ihm gekommen. Letztlich müßte er, um sich keine Blöße zu geben, behaupten, überhaupt nichts gesehen zu haben. Nichts, würde er sagen müssen, keine Ahnung, mein Name ist Hase. Und dann, Falschaussage, Meineid, er sah schon die Schlinge sich um seinen Hals zusammenziehen. Er, Grundmann, Major a. D., abgeführt wie ein Verbrecher. Der erneute Blick zur Uhr erinnerte ihn daran, daß es jetzt Zeit für ihn war. Höchste Zeit, jetzt nur nicht auch noch zu spät kommen! Er zog sich schnell die grüne Uniform des Wachdienstes an, warf einen letzten prüfenden Blick auf das Meßtischblatt und machte sich auf den Weg zur Straßenbahn.

Als sich die Straßenbahn der Haltestelle näherte, begann Sabine Schwarzer in ihrer Handtasche zu kramen, als suche sie nach etwas. Während sie Schlüsselbund, Portemonnaie, Monatskarte und Haarbürste herausnahm und gleich wieder fallenließ, versuchte sie möglichst unauffällig die Fenster der immer langsamer werdenden Bahn nach jenem bekannten Gesicht abzusuchen. Als sie den Mann vom Sicherheitsdienst dann tatsächlich im ersten Wagen erkannt hatte, er saß wie immer auf dem gleichen Platz, ließ sie die Tasche zuschnappen und ging, ohne den Blick noch einmal zu heben, rasch zum hinteren Wagen und stieg ein. Sie war sich sicher, daß er sie gesehen hatte, er ließ sich aber nichts anmerken, und sie würde ihm dankbar dafür sein, daß er sie auch später, wenn sie sich beim Aussteigen unweigerlich begegnen mußten, mit der immer gleichen gespielten Überraschung grüßen würde wie sie ihn. Es war ein jeden Tag wiederkehrendes Ritual. Sie hatte nichts gegen den Mann, er war ihr gleichgültig, aber die wenigen Minuten der morgendlichen Bahnfahrt, da sie allein auf dem Fensterplatz saß und, ohne von jemandem erkannt oder angesprochen zu werden, aus dem Fenster sehen konnte, waren ihr zu wichtig, als daß sie sie wegen eines unüberlegten Blickes aufs Spiel setzen wollte. Denn natürlich würde sie, hätten sie sich gesehen und begrüßt, in den ersten Wagen einsteigen und mit dem Mann ein Gespräch beginnen müssen. Aber die wenigen Minuten der Fahrt waren die einzigen des Tages, an denen sie wirklich allein war, und obwohl sie alles, was sich während der Fahrt außerhalb der Bahn ereignete, schon hundertfach gesehen hatte, genoß sie es jeden Tag aufs neue. Die vietnamesischen Händler, die mit gelassener Geschäftigkeit ihre Gemüsestände aufbauten, die Schulkinder, die einzeln oder in kleinen Gruppen gingen, sich begrüßten und dann plötzlich losrannten, unbeschwert, mit einem Lachen im Gesicht, das auch sie lächeln ließ. Jeden Tag sah sie denselben alten Mann an einer Hausecke stehen, als warte er auf irgend etwas, und die Menschen an den Haltestellen, manche müde, noch traumversunken, andere geschwätzig, lachend vor einem senkrechten Reklameleuchtband, von dem die Buchstaben unaufhörlich in ein Schaufenster tropften. Ein Film, der tagtäglich nur für sie gespielt wurde, ein Stummfilm, denn hinter der Scheibe hörte sie nichts von den zugehörigen Geräuschen, nur manchmal das Quietschen einer Bremse, eine Hupe, oder die Fetzen der Gespräche von den Bänken hinter ihr, über das Fußballspiel vom Vorabend, die Quizshow, schon wieder hatte jemand unverhofft sein Glück gemacht, die Krankheit eines Kindes, das Leben. All die Menschen, die sie nicht kannte, die ihr aber vertraut erschienen, die ihr Alleinsein nicht störten und es doch erst erträglich machten. Einer ihrer größten Träume war es, allein einen Tag lang mit dem Zug langsam durch eine ihr unbekannte Landschaft, eine fremde Stadt zu fahren. Sie dachte oft daran, selbst der Gedanke, daß es ein unerfüllbarer Traum war, es vielleicht immer bleiben würde, hatte nichts Quälendes, und so tat sie auch nichts, ihn Wirklichkeit werden zu lassen. Sie fuhr zur Arbeit und war wenigstens für ein paar Minuten allein, unbehelligt, wie sie es nannte. Manchmal erschrak sie dennoch über ihren Traum, dachte an ihren Mann und an die Kinder, die längst erwachsen waren und wie selbstverständlich durch fremde Gegenden und Städte fuhren, und doch glaubte sie sie durch ihre Gedanken zu verraten. Sie war ihre Mutter, auch heute noch, und als Mutter hatte man Pflichten. Dann bekam sie Schuldgefühle und wußte zugleich, daß sie mit niemandem darüber würde reden können. Mit ihrem Mann nicht, weil er in ihrer Sehnsucht sicher wirklich eine Art Verrat sehen würde. Was willst du in der Fremde, würde er aus seinem Sessel heraus sagen, genügt dir denn das Zuhause nicht mehr, und mit

Zuhause meinte er in Wahrheit nur sich selbst. Sie wußte nicht, wie sie es ihm hätte erklären sollen, sie konnte es ja nicht einmal sich selbst erklären, vielleicht aber, und davor hatte sie noch mehr Angst, würde er einfach sagen: Geh doch, wenn es dir zu Hause nicht mehr paßt, hau doch ab. Mit den Kindern war auch nicht zu reden, ihnen würde all das viel zu fremd sein, lächerlich sogar, sie würden ihr wegen ihrer Schuldgefühle Vorwürfe machen, gutgemeinte Ratschläge geben und von ihr Dinge verlangen, die zu leisten sie nicht in der Lage war. Eine Freundin hatte sie nicht, und eine ihrer Kolleginnen aus der Kaufhalle darauf anzusprechen, fehlte ihr der Mut. Ich sollte vielleicht nicht immer alleine sitzen, dachte sie noch, aber die Straßenbahn hatte den Königsplatz wie immer viel zu schnell erreicht.

Als sie ausstieg, suchte sie mit ihren Blicken den Mann vom Sicherheitsdienst, und obwohl der sie, so wie sie es vorausgesehen hatte, mit gespielter Überraschung grüßte und, ohne auf sie zu warten, weiterging, kam ihr plötzlich der Gedanke, diesem Mann von ihrer geheimen Sehnsucht zu erzählen. Sie erschrak und blieb einen Moment lang stehen. Es war ein absurder Gedanke, aber gerade das gefiel ihr jetzt. Und es war ein Augenblick, in dem sie auch bei Herrn Grundmann, sie kannte nur seinen Nachnamen von dem kleinen Anstecker, den alle Angestellten der Kaufhalle seit kurzem zu tragen hatten, ein Zögern zu erkennen glaubte. Jetzt wird er auf mich warten, dachte sie, doch der Mann ging weiter. Sie hätte ihm jetzt einfach ein Zeichen geben können, ein Lächeln oder ein wie zufällig wirkendes kurzes Heben der Hand, aber was war schon einfach. Sie lächelte nicht, und ihre Hand suchte wieder nur in der Tasche Zuflucht.

Michalkes Hände hielten das Lenkrad fest umklammert, er saß im Auto, starrte durch die Frontscheibe, er schwitzte, sein T-Shirt war feucht und klebte auf der Haut. Wenn es noch eines Beweises bedurft hätte, daß die Stadt nicht wirklich untergegangen war, hier am Königsplatz hätte er ihn gefunden. Der Verkehr, der schon die ganze Zeit nur zäh dahingeflossen war, kam nun vollends ins Stocken, und Michalke saß gefangen zwischen all den anderen Autos fest. Wo die nur alle herkommen, fragte er sich und wußte nicht, warum er sich das jeden Tag wieder zumutete. War ihm noch wenige Minuten zuvor der Gedanke unerträglich gewesen, als Läufer erkannt und also in seinem Selbstverständnis verkannt zu werden, so war es ihm jetzt unangenehm, wegen seiner bloßen Anwesenheit an irgendeiner Kreuzung erneut einer Gruppe zugerechnet zu werden, der er sich nicht zugehörig fühlte. Unsere Wahrnehmungen sind eine einzige Kette von Mißverständnissen, dachte er. Er wußte, daß er sich wieder belog, und auch wenn die Ursache vielleicht eine andere war, seine Unruhe und Nervosität steigerten sich langsam in Wut, sie unterschied sich durch nichts von der der anderen Autofahrer, doch er ließ sich nichts anmerken. Je mehr deren Gereiztheit sich in hilflosen Gesten, fortwährendem Hupen und Flüchen Luft zu machen suchte, desto gelassener versuchte Michalke sich zu geben. Er bemühte sich, die für ihn wie in einer Fremdsprache geführte Diskussion über die Auswirkungen des Börsengangs irgendeiner Internetfirma im Radio zu verfolgen, dann, noch war er in seinem mobilen Gefängnis nur wenige Meter vorwärtsgerückt, kam der Verkehrslagebericht, natürlich der Verkehrslagebericht, dachte er voller Hohn, als schon ein Beitrag über die heutige Bedeutung einer über achtzig Jahre zurückliegenden angeblichen Marienerscheinung irgendwo in Portugal folgte. Die Börse, so hörte er, entwickele Phantasie, den einfachen Wahrheiten des Verkehrslageberichts mißtraute er, während er sich die Marienerscheinung einen Augenblick lang vorzustellen versuchte. Nachricht folgte auf Nachricht, Meinung auf Meinung, im Radio mußte der gleiche Stau herrschen wie hier auf der Straße, dachte Michalke und hörte Nachricht auf Nachricht, Meinung auf Meinung. Die Schweinefleischpreise im Keller, ein offenbar geistig verwirrter Amokläufer, ehrbarer Familienvater und dann wie aus heiterem Himmel mit einem Jagdgewehr, das Wetter, ein Sturmtief über dem Atlantik. Die Folge seiner zur Schau gestellten Gelassenheit waren immer neue Schweißausbrüche, der ganze Körper schien unter seiner nahezu bewegungslosen Oberfläche zu beben und drohte zu explodieren. Ein Jagdgewehr, dachte Michalke, ein Königreich für ein Jagdgewehr. Die Anstrengungen seines morgendlichen Laufs waren geradezu lächerlich gegen die Mühen, die es jetzt erforderte, sich zur Ruhe zu zwingen. Ein erfolgreicher Wirtschaftsmanager schwor dem Radiopublikum, die Privatschiene nicht unterbelichtet lassen zu wollen. Maria hilf, dachte Michalke, aber Maria half nicht, er hatte viel Zeit verloren. Zwei oder drei Straßenbahnen hatten ihn bereits überholt, doch seine so lange erfolgreich aufrechterhaltene Fassade des unerschütterlich Gleichmütigen brach erst zusammen, als ein Mann, offenbar Mitarbeiter einer Wach- und Schließgesellschaft, der, von der Haltestelle kommend, schnell die Straße überquerte, plötzlich einen Moment lang zögerte, wodurch er Michalkes verzweifelten Versuch, die Kreuzung noch bei Grün zu überqueren, abrupt beendete und ihn zu einer Vollbremsung zwang. Der Zusammenbruch währte nur kurze Zeit, im Radio war gerade der DAX gefallen, während der Nemax sich hatte behaupten können. Der Mann war viel zu überrascht, um reagieren zu können. Idiot, schrie Michalke und schlug mit der Faust auf die Hupe, mit voller Wucht auf die Hupe, deren gellender Ton sofort alle Blicke auf ihn zog. Er sah die Verwirrung des Mannes, der offenbar die Gefahr gar nicht wahrgenommen hatte und ihn nicht wirklich zu bemerken schien, obwohl auch er ihn durch die Windschutzscheibe erstaunt ansah. Einige Sekunden lang hatte der Mann ihn fragend angesehen, wie eine Erscheinung hatte er ihn angesehen. Michalkes Zorn wandelte sich, noch bevor er sich richtig Luft verschaffen konnte, sofort in Mitleid. Fasziniert sah er dem Mann nach, der es nun plötzlich eilig zu haben schien.

Die Ampel stand längst wieder auf Rot.

Wie jeden Tag hatte Grundmann die Frau von der Käsetheke sofort nach dem Aussteigen gesehen, er grüßte sie flüchtig und ging rasch weiter. Es gab keinen Grund, auf die Frau zu warten. Sie hieß Frau Schwarzer, so viel wußte er, und auf dem kleinen Schild an ihrer Brust stand unter dem Namen »Ich bin gern für Sie da«. Für ihn galt das nicht, denn obwohl sie beide seit Monaten im gleichen Supermarkt arbeiteten, war die Frau nie für ihn da, schon gar nicht war sie gern für ihn da, sie war ihm immer fremd geblieben. Dieses Gefühl des Fremdseins steigerte sich noch, wenn er die Frau außerhalb ihres gemeinsamen Arbeitsplatzes sah, sozusagen in Zivil, und er war erleichtert, daß auch sie offenbar kein Interesse daran hatte, die letzten Meter mit ihm gemeinsam zu gehen oder gar mit ihm ins Gespräch zu kommen. Über was auch hätte er mit ihr reden sollen, hier auf der Straße. Aber selbst wenn sie hinter der Käsetheke stand und ihr weißer Kittel sie zu einem Stück Inventar des Marktes werden ließ und damit die Distanz zwischen ihnen verringerte, hatte Grundmann nie mehr als einige unvermeidliche Floskeln mit ihr ausgetauscht, gerade so viel, um nicht als unhöflich zu gelten. Das Wetter, der Geruch des Käses und immer wieder die Punks, die jeden Tag mit ihren Hunden vor dem Supermarkt lagerten und denen er letztlich sein Hiersein zu verdanken hatte, waren die Themen, um die ihre kurzen Gesprächsversuche kreisten. Als er einmal eine Bemerkung über den Gegensatz zwischen ihrem Namen und dem Weiß ihres Kittels gemacht hatte, war ihm das schon fast wie eine Vertraulichkeit oder zumindest eine Annäherung vorgekommen. Vor allem, weil die Frau über seine Bemerkung gelacht hatte und auf sie eingegangen war. Sie werden lachen, hatte sie gesagt, aber mit Mädchennamen hieß ich tatsächlich Weiß. Grundmann hatte nicht gelacht, ihm schien diese Antwort allzu intim, fast schon wie eine Anzüglichkeit, er war damals weitergegangen, so wie er auch jetzt weiterging. Fremde Menschen hatten ihm immer Angst gemacht. Für ihn gab es nur fremde Menschen. Was sollte er mit dieser Frau? Grundmann versuchte an seine Meßtischblätter zu denken, an das wunderbare Geflecht von Linien genau definierter Stärke und Farbe, an die eindeutigen Zeichen und Symbole, an das Netz der Koordinaten, das alles war verläßlich und hatte etwas Beruhigendes. Er kannte die Anhöhen und Täler, die Flüsse und Seen, die Wege und Orte; selbst die, an denen er noch nie gewesen war, waren ihm vertraut. In manchen der Gegenden war er gewesen, aber er wußte, daß er sie nie wieder aufsuchen würde, er hatte auch keine Erinnerungen an die Farben und die Gerüche der Wälder, an das Licht, den Himmel. Die Landschaft existierte nur so, wie sie auf seinen Meßtischblättern existierte, als Geflecht von Namen, Zahlen und Koordinaten in seinem Spiel. Er dachte an den roten Kreis, mit dem er heute morgen die Folie markiert hatte. Die Ausgangsposition im Planquadrat Paula acht, ein schwieriges Gelände, es versprach ein spannender Abend zu werden. Die ersten der aus Papier gefalteten, mit verschiedenen Farben bemalten Gruppen seiner Kämpfer hatte er schon in Stellung gebracht, die aus Streichholzschachteln gefertigten Fahrzeuge waren aufgefahren, doch dann war dieser Schlappschwanz vor seinem Fenster aufgetaucht ... Plötzlich, gerade als er die Straße überquerte, durchfuhr Grundmann ein Gedanke. Er war regelrecht körperlich spürbar, er löste einen heißen Schauer aus, der blitzschnell durch den ganzen Körper lief und ihn schließlich einen Moment lang erstarren ließ. Das Fenster! Hatte er denn heute morgen das Fenster geschlossen? Ein Windstoß, dachte er, und die ganzen Vorbereitungsmaßnahmen wären umsonst gewesen, der ganze Aufmarschplan vernichtet. Das Meßtischblatt, seine Papierarmee, alles vom Winde verweht, die Schlacht schon verloren, bevor sie überhaupt begonnen hatte. Und warum war denn dieser Fremde ausgerechnet vor seinem Fenster aufgetaucht? Ein unscheinbarer Typ, gewiß, aber gerade deshalb verdächtig, eine zwielichtige Gestalt, schnüffelte herum, streunte durch die Vorstadt, wo alle ihren wohlverdienten Lebensabend verbrachten und schließlich ein Recht auf Ruhe und Sicherheit hatten. Er stand mitten auf der Straße, plötzlich quietschten die Bremsen eines Autos, der Ton einer Hupe surrte wie ein Geschoß. Grundmann zog den Kopf ein, nur nicht hinsehen, dachte er, nur nicht hinsehen und einfach weitergehen. Dennoch schaute er hin, einen Augenblick lang mußte er hinschauen. Hinter der dunkel glänzenden Windschutzscheibe war nichts zu erkennen, er sah in sein eigenes staunendes Gesicht. Was ist bloß mit mir los, dachte Grundmann, schon der zweite Lapsus an diesem Tag. Er war ein Versager, und er war sich sicher, daß alle es ihm ansehen konnten, auch die Frau von der Käsetheke schaute jetzt ganz merkwürdig zu ihm herüber, gleich würde sie ihn auslachen, alle würden ihn auslachen, mit Fingern würden sie auf ihn zeigen. Immer hatten alle über ihn gelacht, als Kind schon, ein Grund fand sich immer, ein Fleck auf der Hose, genau dort, wo man auf keinen Fall einen Fleck haben durfte, ein Versprecher beim Gedicht vor versammelter Klasse, und auch später bei der Truppe, als die Rekruten zitternd vor Angst vor ihm standen, hatte er immer geglaubt, daß sie heimlich über ihn lachten. Hinter seinem Rücken lachten sie ihn aus. Grundmann konnte sich nicht erinnern, wann er das letzte Mal gelacht hatte. Verwirrt ging er weiter, er nahm nichts von seiner Umgebung wahr, wie betäubt irrte er durch die Straßen, die ihm nicht fremd waren, sie existierten einfach nicht. Daß er den Weg dennoch fand, lag nur daran, daß er seit Monaten immer den gleichen Weg ging, vorbei am Dönerstand, an der Bäckerei, dem Reisebüro mit den ewig lachenden jungen Leuten im Schaufenster, die linke Hand in der Hosentasche, in der rechten die Aktentasche ohne Akten und, den herausgestellten Stühlen des Café Central und dem Zeitungsständer vor dem kleinen Zigarettenladen ausweichend, immer an der äußersten Kante des Gehwegs.

Der Hund döste auf dem Gehweg. Sein Fell war struppig und grau. Nicht ungepflegt, nur struppig und grau. Wohl eine Laune der Natur. Ganz sicher eine Promenadenmischung. Der Hund hieß Ratte. Er trug ein Halsband und daneben ein ausgeblichenes, an den Ecken zerfranstes rotes Tuch. Die Köpfe der Nieten am Halsband waren kleine Sterne. Es waren viele, und sie lagen so dicht nebeneinander, daß es aussah wie eine Panzerung. Sie gaben dem Hund etwas Martialisches. Es waren die gleichen Nieten, die Alex an seinem breiten schwarzen Lederarmband trug. Und in den Schulterpartien seiner Jacke. Er trug einen ganzen Sternenhimmel auf den Schultern. An seinem Halsband waren die Nieten lange spitze Dornen. Alex kraulte dem Hund das graue, struppige Fell. Der Hund öffnete ein Auge und schloß es wieder. Du blödes faules Vieh, sagte Alex zärtlich und stand auf. Er griff jetzt fester zu, mit beiden Händen, bis der Hund sich auf den Rücken warf und mit den Pfoten spielerisch nach Alex schlug. Der ließ ebenso abrupt, wie er das Spiel begonnen hatte, wieder von dem Hund ab. Er stieß das Tier beiseite. Der Hund stand auf dem Fußweg und wußte nicht weiter. Alex setzte sich neben ihn auf den Fußweg, den Rücken gegen den Betonmantel des Papierkorbs gelehnt. Der Papierkorb war voll Bierbüchsen, Hundefutterdosen, fettfleckigen Pizzaschachteln. »Tu dir was Gutes – gönn's dir«, stand auf einem zerknitterten Pappkarton. Mach's dir doch selber, dachte Alex. Es war acht Uhr, aber das war egal. Der Hund war noch immer unschlüssig. Alex öffnete das erste Bier. Er nahm den Kronkorken zwischen die Zähne, hebelte die Flasche nach oben und spuckte den Verschluß auf die Straße. Der Hund sprang hinterher. So ein dummer Hund, dachte Alex. Er wartete, bis der Supermarkt öffnete. Danach würde er warten, bis er wieder schloß. Dazwischen war meist was los. Oder auch nicht. Aber irgendwas war immer los. Der Hund begann zu bellen. Halt's Maul, Ratte, fuhr Alex ihn an. Manchmal sagte er zu Ratte auch Hund, aber das hatte nichts zu bedeuten. Jetzt zog schon die Wache auf. Ein älterer Mann in Uniform kam über die Straße. Er tapste vorwärts wie ein Schlafwandler. Lieber in aufgeschlitzten Hosen neben einem Papierkorb im Dreck sitzen, als so 'ne beschissene Uniform, dachte Alex. Der Hund legte sich wieder hin und schloß die Augen. Wach- und Schließgesellschaft stand auf dem Ärmel der Uniformjacke. Einfach lächerlich. Sicher so 'n ausgemusterter Blindgänger, ehemaliger Offizier. Kein ernst zu nehmender Gegner. Alex grinste herausfordernd zu dem Mann hoch. Der Mann sah an ihm vorbei auf den Hund. Er hatte Angst, Alex merkte so was. Der erinnerte ihn an seinen Vater. Und war bestimmt auch so blöd. Alex kannte seinen Vater kaum. Er war sieben gewesen, als der Vater ihn verlassen hatte, einfach davongestohlen hatte sich die feige Sau, seitdem hatte Alex ihn nicht mehr gesehen. Aber Väter sahen schließlich meist so aus, und blöd waren sie sowieso. Es gab nichts Schlimmeres als Väter, und nicht vorhandene Väter waren die Schlimmsten.

Es hätte auch alles viel schlimmer kommen können, dachte Sabine Schwarzer manchmal. Sie war jetzt Mitte fünfzig, war gesund und hatte Arbeit. Sie zahlte die Miete pünktlich, sie hatte eine Kreditkarte, einen langfristigen Sparvertrag mit günstigen Konditionen und eine private Altersvorsorge. Sie war rundherum versichert. Sogar das Geld für ihr Begräbnis hatte sie schon beiseitegelegt, sie würde, sagte sie sich, wenn es einmal soweit wäre, niemandem zur Last fallen. Ihre Ehe war nicht anders, als sie es von einer über dreißig Jahre währenden Ehe erwartet hatte, das Fehlen von Höhepunkten sah sie durch das Ausbleiben von Tiefschlägen wettgemacht, die Bilanz war ausgeglichen, man hatte sich eingerichtet. Es herrschte die stillschweigende Übereinkunft, daß dieser Zustand ewig währen sollte, und nichts sprach dagegen, daß es so sein würde, eigentlich konnte sie also zufrieden sein.

Sabine Schwarzer liebte Zimmerpflanzen, die Sansevierien waren ihr ganzer Stolz. Aber die meisten anderen gediehen bei ihr schlecht. Als sei ein heftiger Sturm über sie hinweggegangen, standen sie in ihren Töpfen oder warfen die Blätter ab. Immer wieder mußte sie neue kaufen, nichts Besonderes, nur die Arten, die sie seit Jahren hatte, Philodendron, Dieffenbachien, Gummibäume, nie brachte sie den Ritterstern zur Blüte, sie hatte einfach kein Glück damit. Man müsse mit ihnen reden, hatte sie gelesen, aber so weit war es noch nicht mit ihr gekommen, daß sie mit ihren Zimmerpflanzen redete. Trotzdem gab es immer wieder diese Momente, diese schlaflosen Nächte, in denen sie nichts als Leere fühlte, in denen sie sich sicher war, ihr Leben sei ein immerwährender Irrtum, ein einziges Desaster. Manchmal nahm sie eine Schlaftablette. Sie ließ sich nichts anmerken und sprach mit niemandem darüber, und hätte sie jemand danach gefragt, hätte sie es vehement bestritten. Es geht mir gut, hätte sie gesagt, sehr gut sogar. Aber wer hätte sie danach fragen sollen? Und nicht einmal sich selbst gegenüber konnte sie diesen Zustand an konkreten Ereignissen festmachen.

Um sie herum schien ständig etwas zu passieren, jeden Tag waren die Zeitungen voll mit Meldungen über Unglücke und Katastrophen, über unverhofftes Glück und unerhörte Begebenheiten. Familiendramen, Lottogewinne, Prominentenscheidungen, Thronfolgergeburten. Jeden Tag führte ihr das Fernsehen vor, daß die ganze Welt in Bewegung sei und sich diese Bewegung immer mehr beschleunige. Alle redeten von Flexibilität und von der Notwendigkeit, immer schneller an immer mehr Informationen zu gelangen. Nur in ihrem Leben passierte nichts. Sie hatte immer mehr das Gefühl, daß all die Dinge, die da überall so aufgeregt verhandelt wurden und von denen es hieß, sie entschieden über die Zukunft des Landes, ja sogar der ganzen Menschheit, nichts mehr mit ihrem Leben zu tun hatten. War nicht diese ewige Jagd nach Neuigkeiten und Veränderung letztlich ein einziger gigantischer Schwindel, nur eine andere Form der Leere? Sie ging zur Arbeit, den ganzen Tag stand sie hinter der Käsetheke, nicht die schlechteste Möglichkeit, diese Leere für eine Weile zu füllen. Sie ging nun schneller, fast beschwingt. Wieder, so hoffte sie, war es ihr gelungen, sich zu beruhigen, für ein paar Stunden, vielleicht ein paar Tage. Vor dem Eingang zum Supermarkt lag ein Hund auf dem Fußweg und schlief. Daneben saß ein junger Mann mit dem Rücken an den Papierkorb gelehnt, er hatte eine Flasche Bier zwischen den Beinen seiner zerrissenen, dreckverschmierten Hose stehen und wartete, Sabine Schwarzer fragte sich worauf. Er saß fast jeden Tag hier. Manchmal, wenn sie gegangen war, hatte sie ihm eine Dose Hundefutter zugesteckt und sich dann auf dem Heimweg gefragt, ob sie nicht mit dem Hund größeres Mitleid hatte als mit dem jungen Mann. Und gab es überhaupt einen Grund, mit ihm Mitleid zu haben? Wie hatte das normale Leben denn auszusehen? Das war eine von jenen Fragen, vor deren Beantwortung sie sich fürchtete, sie fürchtete sich vor den neuen Fragen, die jede Antwort hervorrufen würde. Sie hatte es deshalb immer vermieden, dem jungen Mann in die Augen zu sehen. Auch jetzt war sie froh, den Nebeneingang benutzen zu können. Aus ihren Kindern war etwas geworden, dachte sie, die lungerten nicht mit struppigen, verlausten Hunden auf der Straße herum und besoffen sich nicht schon am frühen Morgen. Der Große war Programmierer bei einer Computerfirma, bald, wenn alles normal lief, würde er Abteilungsleiter sein, die Jüngere war Dolmetscherin und viel unterwegs, Sabine Schwarzer konnte stolz auf sie sein. Auf den Fotos in ihrer Brieftasche blieben es immer ihre Kinder. Doch sie waren längst erwachsen, nie hatten sie Zeit. Als sie Weihnachten das letzte Mal zu Besuch gewesen waren, hatte es Streit gegeben, sie hatten ihr eine teure Flasche Champagner geschenkt, Sabine Schwarzer hatte gesagt, daß sie sich über Enkelkinder freuen würde. Sie wollten noch etwas aus ihrem Leben machen, hatten die Kinder geantwortet, und der Champagner hatte sauer geschmeckt. Die Kinder lebten ihr eigenes Leben, einmal pro Woche telefonierte sie mit ihnen, so wußte sie, was bei ihnen am Wochenende auf den Tisch kam, von ihrem Leben wußte sie nichts. Sie waren ihr fremd geworden. Eines Tages sieht man seine Kinder und merkt, wie wenig man von ihnen weiß. Nervös kramte Sabine Schwarzer in ihrer Handtasche, diesmal suchte sie wirklich nach dem Schlüssel. Es war einer jener Tage, an denen sie keine Ruhe fand, an denen Zweifel an ihr nagten, ganz gleich, was sie zu tun versuchte. Ein schwarzer Tag, dachte sie, als die Tür wie jeden Tag hinter ihr ins Schloß fiel.

Michalke öffnete die Tür, es gab niemanden, der ihn erwartete. Michalke lebte allein. Er lebte gern allein. Immer wieder sagte er sich, daß er ja gern allein lebte. Manchmal glaubte er es sogar. Jetzt, da er zu Hause angekommen war und mit verschwitzten Sportsachen im Flur stand, war einer dieser Momente. Er zog sich aus, ließ die Sachen im Flur fallen und stellte sich unter die Dusche. Der Mann, der ihm vor einer halben Stunde vors Auto gelaufen war, ging ihm nicht aus dem Kopf. Je länger er über ihn nachdachte, desto neugieriger wurde er. Er kannte ihn nicht, er würde ihn vielleicht nie wiedersehen, er war sich nicht einmal sicher, ob er ihn wiedererkennen würde, und dennoch hatte ihn die Hilflosigkeit des Mannes auf merkwürdige Weise berührt. Er hatte sich in seinem Kopf eingenistet mit diesem traurigen Kälberblick.

Eigentlich hätte Michalke zufrieden sein müssen, der Mann hatte seinen Gedanken ein Stichwort geliefert. Es kam oft vor, daß Michalke sich für Menschen, denen er flüchtig begegnet war, Berufe, Beziehungen, ja ganze Biographien ersann. Er dachte sich aus, wie sie wohnten, wie sie liebten, was sie am liebsten aßen. Oft verbrachte er mit dem Gedanken, wie andere den Tag verbringen könnten, seine Zeit, es war ein Spiel, ein Zeitvertreib. Jeder Mitbewohner des Hauses, in dem er wohnte, hatte eine solche erdachte Biographie, führte in Michalkes Kopf ein Eigenleben. Der Ehrgeiz aber, dieses Leben mit der Realität zu vergleichen, fehlte Michalke, Begegnungen und Gesprächen ging er wenn möglich aus dem Weg, sie interessierten ihn nicht, ja er fürchtete sie sogar, denn sie hätten seine Vorstellungen zerstören können. Der Mann also war um die sechzig und trug die Uniform einer Wach- und Schließgesellschaft, was Michalke ärgerte, weil es seine Phantasie von Anfang an einschränkte. Er fragte sich, wofür der Mann sich hielt, und wußte zunächst keine Antwort. Immer sieht man zuerst, wofür die Leute sich halten, was sie gern sein würden, erst später vielleicht, was sie sind. Ein Träumer, dachte Michalke, während er sich das kalte Wasser mit größtmöglichem Druck ins Gesicht prasseln ließ, der Mann muß ein Träumer sein, verwarf den Gedanken aber sogleich wieder und drehte dem Strahl den Rücken zu. Er war sich sicher, daß er ihn ohne die Uniform weiter für einen Träumer gehalten hätte, er fand es im Grunde auch albern, dies jetzt nicht mehr zu tun, aber etwas in ihm sträubte sich dennoch dagegen. Konnte ein Mann in der Uniform einer Wach- und Schließgesellschaft kein Träumer sein? Oder war es der Blick eines Alkoholikers, diese Augen, der glasige Blick, die geplatzten Äderchen, da kannte man sich schließlich aus, da wußte man doch sofort Bescheid. Nichts weiß ich, dachte Michalke, ein Träumer, ein Alkoholiker, und gab es überhaupt einen Unterschied? Briefmarkensammler, Hobbyastrologe, Schrebergärtner oder, man kann ja nie wissen, vielleicht sogar ein verkanntes Genie. Er hatte ein Gesicht gesehen, nun suchte er die dazu passende Geschichte. Das Bündel der Strahlen wurde am Hals gebrochen, er spürte Hunderte Nadelstiche im Nacken, das Wasser rann an seinem Körper herab und umkreiste dann den Abfluß. Michalke schaute an sich herunter, sah seine Füße im kreisenden Wasser, er hatte das Gefühl, daß die Füße sich immer weiter entfernten, aufgesogen vom Schlund zwischen den Fliesen. Er starrte ihnen so lange nach, bis er zu zittern begann. Die Arme vor der Brust gekreuzt und fest gegen den Körper gepreßt, blieb er stehen und schien alles um sich herum vergessen zu haben. Doch eigentlich, dachte er immer, wenn er nach solchen Momenten der Starre wieder zu sich kam, eigentlich hatte die Welt ihn vergessen, hatte ihn im Regen stehenlassen. Der Mann ist um die sechzig und allein, nahm er einen neuen Anlauf und stieg aus der Dusche. Der letzte Rest des Wassers verschwand glucksend im Abfluß, als Michalke sich flüchtig abtrocknete und schnell anzog. Er trieb sich zur Eile. Man muß sich immer wieder sagen, daß man keine Zeit hat, immer wieder hört man ja von sogenannten wichtigen Menschen, daß wichtige Menschen nie Zeit haben. Genauso wie erfolgreiche Menschen gern von ihren Problemen in der Schule erzählen. Alle beklagen, daß sie keine Zeit haben, aber wenn sie jemanden treffen, der sich Zeit nimmt, werden sie mißtrauisch. Manchmal, dachte er, setzt sich der Mann vielleicht auf eine Bank im Park oder in der Fußgängerzone und wartet darauf, von jemandem angesprochen zu werden. Er macht dabei eine ernste Miene, versucht einen Gesichtsausdruck, bei dem, so glaubt er, die Passanten gar nicht anders können, als zu erkennen, daß er Probleme hat und auf Hilfe wartet. Irgendwann, so hofft der Mann, muß ihn doch jemand ansprechen. Er weiß aber nicht, was er dann tun würde, dachte Michalke, er hat eigentlich Angst vor diesem Moment. Daß nicht weit von ihm auf anderen Bänken andere Leute mit den gleichen traurigen Gesichtern sitzen, nimmt der Mann zwar wahr, trotzdem würde er nicht wagen, den ersten Schritt zu tun. Alle warten, daß etwas passiert, aber es passiert nichts. Auch der Mann würde warten, immer nur warten, morgen vielleicht oder nächste Woche, ganz sicher im nächsten Frühjahr. Alles neu macht der Mai, immer wieder die gleichen albernen Sprüche. Aber wartet der Mann wirklich noch auf Hilfe, fragte sich Michalke, oder hat er nicht längst jede Hoffnung aufgegeben? Er band sich die Armbanduhr um, es war neun Uhr, der Tag konnte beginnen. Michalke fühlte sich müde. Manchmal wußte er nicht, ob er wirklich einer seiner flüchtigen Begegnungen ein zugehöriges Leben ersann oder ob er nicht immer nur über sein eigenes Leben nachdachte. Er dachte über sie nach, um über sich selbst nachdenken zu können. Er selbst in der dritten Person, und plötzlich gab es Möglichkeiten, die das Leben ihm verwehrte. Aber es gab einen entscheidenden Unterschied, er konnte sie alle wieder vergessen, sie aus seinem Kopf streichen, ihre ganzen Biographiekartenhäuser zum Einsturz bringen, nur sich selbst, sich selbst wurde er nicht los.

Alex kam nicht los von ihnen. Aber waren sie deshalb seine Freunde? Er kannte ihre Gewohnheiten, trank mit ihnen aus der gleichen Flasche und fragte sich, warum er nicht davonlief. Auch heute hoffte er, daß sie nun bald kommen würden. Sie waren nicht verabredet. Aber sie kamen fast jeden Tag, meist um die gleiche Zeit, mit der Regelmäßigkeit von Beamten. Selbst wenn sie nicht kamen, wußte Alex, wohin er zu gehen hatte. Es gab ja nicht viele Möglichkeiten. Der Eingang vom Supermarkt, wenn es heiß war der Springbrunnen am Königsplatz, manchmal die Betonmauer neben einer kaum genutzten Tiefgarageneinfahrt am Ende der Straße. Ihr Bermudadreieck. Jeden Tag konnten sie untergehen, und kein Hahn würde nach ihnen krähen. Viele wären sogar froh darüber. Vielleicht würde Lou ihn vermissen, er wünschte sich, daß Lou ihn vermissen würde. Für viele aber waren sie nur Abschaum. Endlich sah Alex sie kommen. Zuerst die Hunde. Eine stille Meute, die gelassen um die Ecke trottete. Wie Schafe, dachte Alex. Ratte sprang auf und lief ihnen entgegen. Die Hunde beschnüffelten sich und wedelten mit den Schwänzen. Eine Weile blieben sie stehen und schauten sich suchend um. Dann kamen sie näher. Ohne einen Befehl abzuwarten, legten sie sich auf den

Fußweg. Alex begrüßte sie wie alte Freunde, er nannte ihre Namen, kraulte ihnen das Fell. Dann kamen die anderen. Sie wohnten in einem der Abbruchhäuser am Rand des Bahndamms. Sie waren heute zu viert. Ihr Gang glich dem der Hunde, sie hatten die vergangene Nacht im Schlepptau und machten nicht den Eindruck, als ob aus diesem Tag noch etwas werden könnte. Hastig trank Alex sein Bier aus und stellte die Flasche auf den Rand des Abfallbehälters. Andreas, den sie den Preußen nannten, hatte drei Flaschen Bier im Arm. Seine Tätowierung am kahlgeschorenen Schädel sah aus wie ein Diadem. Am Ringfinger prangte ein mächtiger silberner Totenkopf. An Sprottes schmalen Hüften baumelten zwei Ketten, die bis an die Knie reichten. Er war barfuß, hatte aber eine fellbesetzte Weste über der linken Schulter hängen. Die Weste war eine ausgeblichene Tarnjacke, an der die Ärmel herausgerissen waren. Vor seiner Brust baumelte bei jedem Schritt ein Mercedes-Stern. Die anderen beiden trugen die jungen Hunde. Halbe Kinder noch, mit Plüschtieren im Arm. Einer hatte einen dicken, schmutzigen Verband am Ellenbogen. An dessen Außenseite hatte sich ein gelblicher feuchter Fleck durch den Mull gefressen. Alex sprang auf, stieß die Hunde beiseite und ging ihnen ein paar Schritte entgegen. Sprotte fiel ihm um den Hals, er mußte sich dabei bücken, die Ketten rasselten. Alte Drecksau, sagte er freundlich zur Begrüßung. Der Preuße reichte Alex ein Bier. Alex öffnete die Flasche mit einem Biß und spuckte den Verschluß auf die Straße. Scheiß Bullen, sagte der mit dem verletzten Arm und hielt den Verband in die Luft wie eine Trophäe. Gestern war so 'ne Demo »Gegen die kulturelle Unterdrückung aller politischen Jugendlichen«, sagte er. Keine Ahnung, was das sollte, irgendwer dachte sich immer was aus. Hauptsache, mal wieder was los. War aber voll kraß. Alles Nazischweine, diese Bullen, bestätigte der andere, dann setzte er die jungen Hunde ab. Drei Mann in voller Montur, erklärte Sprotte, 'ne richtige Großrazzia, übelst, und unser Zwerg mal wieder mittendrin. Und natürlich rattendicht. Astrein, sagte der Zwerg und grinste. Ihm fehlte einer der oberen Schneidezähne, selbst sein Lachen hatte etwas Brutales. Diese elenden grünen Wichser, schimpfte der Preuße. Sein Diadem lag in Falten. Alex nickte und setzte die Flasche an. Und tschüs, sagte er, auf einem Bein kann keiner stehen. Er sah zufrieden aus. »Nazis raus« und »Fuck Fascism« stand auf den Aufnähern am Ärmel seiner Jacke. Ein Mann in weißem Kittel schloß die Tür des Supermarktes auf. An der Tür hing ein Schild mit der Aufschrift »Hunde müssen draußen bleiben«.

Bevor der Mann im weißen Kittel die Tür aufschloß, klatschte er dreimal in die Hände, breitete dann die Arme aus und machte eine Bewegung, als gelte es, eine Herde Schafe in die gewünschte Richtung zu dirigieren. Und als die bis dahin miteinander redenden Angestellten tatsächlich an ihre Arbeitsplätze gingen, rieb er sich zufrieden die Hände. Der Mann war Anfang dreißig, und Grundmann haßte ihn. Er haßte die schmierige Freundlichkeit des Mannes, er haßte es, wie ihn dieser Grünschnabel beinahe täglich fragte, ob denn alles seinen sozialistischen Gang gehe, wie er dabei grinste und versuchte, ihm in die Augen zu sehen. Grundmann nahm die Herausforderung nicht an, lächelte nur gequält und sagte, daß es keine besonderen Vorkommnisse gebe. Der Mann grinste weiter, Grundmann wußte nicht, warum. An seiner Meldung gab es schließlich nichts auszusetzen, es gab nie besondere Vorkommnisse, und Grundmann war darüber froh. Obwohl der Mann nicht eigentlich sein Chef war, schon gar nicht war er sein Vorgesetzter, das Wort Chef war für Grundmann ohnehin ein Schimpfwort, obwohl dieser Mann also nicht sein Chef war, versuchte er gerade das mit jedem seiner Worte, mit jeder seiner Gesten zu beweisen. Selbst ein Lob klang aus dem Mund des Chefs wie eine Beleidigung. Grundmann, der seinen Dienst ohne jeglichen Ehrgeiz und nur, wie er sich immer wieder einredete, als ein der Willkür skrupelloser Vollstrecker ausgeliefertes Opfer einer aberwitzigen und vorübergehenden Geschichtsperversion versah, stellte sich ein ums andere Mal vor, wie er eines Tages diesen Menschen bei einem Diebstahl in seinem eigenen Supermarkt ertappen würde, wie er ihn stellen und dem Spott und der Verachtung der Angestellten und Kunden preisgeben würde. Er würde keine Gnade kennen. Immer wieder versuchte er sich diese Situation vorzustellen, arrangierte in seiner Phantasie eine Verhaftung des Chefs, die, so hoffte er, in der Nähe der Käsetheke vonstatten gehen und ihn für einen Moment zum Helden und Rächer der Gedemütigten machen würde. Er hatte sogar daran gedacht, dem zu überführenden Delinquenten ein Corpus delicti in die Taschen seines albernen weißen Kittels zu schmuggeln, eine Maßnahme, deren Umsetzung er sich zumindest gedanklich zutraute und die er sich immer wieder genüßlich ausmalte.

Der Mann hatte jetzt sein schmierigstes Grinsen aufgesetzt, kam, nachdem er die Tür geöffnet hatte, auf Grundmann zu und wies ihn wie jeden Tag an, besonders die Spirituosen im Auge zu behalten. Grundmann, sagte er, achten Sie mir auf die Spirituosen, Sie wissen ja. Grundmann haßte es, wie der Mann Spirituosen sagte, keiner sonst, den er kannte, sagte Spirituosen, und es schien ihm, daß der Chef auch diese Bemerkung nicht ohne eine seiner dreckigen Anspielungen machte. Der Gedanke, daß dieser ahnungslose Schnösel über ihn Bescheid wußte, machte ihn rasend. Wenn möglich, mied Grundmann die Schnapsregale, und das hatte gute Gründe. Beim Anblick dieser Bataillone von Flaschen konnte Grundmann schwach werden, nicht auszudenken, wenn eines Tages nicht er den Chef, sondern der Chef ihn auf frischer Tat ertappen würde. Grundmann hatte natürlich immer etwas dabei, draußen in seinem Spind, sorgsam eingewickelt in ein Handtuch, eine Notration in einer Art ziviler Feldflasche, aber sicher war sicher, er kannte sich. Der zweite Grund waren die Punks, die oft genug und in eindeutiger Absicht um die Regale schlichen und, glaubte er den Aussagen des Chefs, immer wieder erfolgreich waren. Auch er wußte es ganz genau, schon oft hatte er es ja vergeblich zu übersehen versucht. Nicht, daß er diesen verwahrlosten jungen Leuten wohlgesonnen gewesen wäre, er fand sie abstoßend, und alles an ihnen widersprach seinen Idealen, es war eine Abscheu, die nicht einmal von der Schadenfreude über die Verluste, die der Chef durch die Diebstähle angeblich hatte, gemildert werden konnte. Aber Grundmann war nun einmal kein Held, in Wahrheit hatte er Angst davor, das zu tun, wozu er eigentlich da war. Die Sache mit dem Chef, nun gut, das war etwas anderes und außerdem rein theoretisch. Heldenträume, weiter nichts. Ein Wachmann mit Angst, es war einfach lächerlich, aber was, fragte sich Grundmann manchmal, was an mir ist nicht lächerlich? Ja, sagte Grundmann genervt, ich behalte den Fusel im Auge. Dienst ist Dienst und Schnaps ist Schnaps, dachte er, das brauchte ihm keiner zu sagen, und der schon gar nicht.

Sabine Schwarzer mochte ihren Chef. Aber es gab ohnehin nur wenige Menschen, die sie nicht mochte. Natürlich fand sie ihn zuweilen lächerlich, besonders wenn er mit Worten wie Verkaufsmanagement oder Mitarbeitermotivation jonglierte, wenn es für sie noch immer um Käse oder Freundlichkeit ging. In seinem Büro hingen jetzt ein Flip-Chart und ein Whiteboard, auf denen er die Entwicklung des Umsatzes und die neuesten Verkaufsstrategien darstellte, sie sagte noch immer Wandzeitung dazu, es sah ja schließlich auch aus wie damals die Planzahlen, die Wettbewerbskurve. Die Straße der Besten, alles beim Alten, nur neue Fotos, Hochglanz und Farbe. Manchmal glaubte der Chef, gerade ihr, einer Frau, die stolz war auf fast vierzig Jahre Berufserfahrung, die Grundlagen ihrer Arbeit erklären zu müssen. Er ist aus dem Westen, dachte sie dann, da muß man wohl so sein. Fast vierzig Jahre im gleichen Beruf hatten sie gelehrt, solche Dinge gelassen zu sehen. Sie hatte längst damit aufgehört, alles besonders gut und immer noch besser machen zu wollen, sie wußte, daß es das Wichtigste war, wenn sie ihm das Gefühl gab, wirklich der Chef zu sein. Und wenn er glaubte, den Verkauf einer Käsesorte ankurbeln zu können, indem er riesige Mengen davon an einem eigens dafür aufgestellten Stand aufhäufen, mit Fähnchen und Wimpelketten verzieren und Kostproben reichen ließ, so tat sie es, obwohl sie überzeugt war, daß eine scheinbare Verknappung und einige gezielt unter die Stammkundschaft gestreute Bemerkungen noch immer viel wirkungsvoller gewesen wären. Aber das alles ging sie letztlich nichts mehr an. Sie tat überhaupt alles ruhig und unauffällig, manchmal hatte sie sogar das Gefühl, daß sie, im Gegensatz zu vielen ihrer ehemaligen Kolleginnen, die in den letzten Jahren aus Alters- oder anderen fadenscheinigen Gründen entlassen worden waren, nur deshalb noch immer ihre Arbeit hatte, weil sie einfach vergessen worden war. Man hat mich einfach vergessen, dachte sie immer wieder. Sie hatte gelernt, den Kopf einzuziehen, sich den Gegebenheiten anzupassen, bei der Arbeit, im Leben. In ihrem Leben waren große Pläne oder Entwürfe nie vorgekommen, alles hatte sich fast ohne ihr Zutun, wie ihr schien, irgendwie ergeben, und wenn sie jemand danach gefragt hätte, was ihr Leben denn geprägt habe, so hätte sie nichts nennen können. Man muß auf dem Platz stehen, den das Leben für einen vorgesehen hat, so ist es nun einmal. Sie hätte es ohne Scham gesagt und so, als sei das eine Tugend. Und wo stand denn geschrieben, daß das keine Tugend war? Aber wer hätte sie so etwas fragen sollen und warum? Mit ihrem Mann besprach sie, was sie am Wochenende kochen sollte, ob sie den alten Regenschirm noch einmal zur Reparatur bringen oder doch lieber einen neuen kaufen sollte, oder wer am nächsten Tag den Lottoschein zur

Annahmestelle bringt. Jede Woche redeten sie darüber, wer denn diesmal den Lottoschein zur Annahmestelle bringt, obwohl natürlich völlig klar war, daß sie gehen würde. Auch daß es jede Woche die falschen Zahlen waren, war jede Woche Thema eines Gesprächs, und immer waren es ihre falschen Zahlen. Es gab immer etwas zu reden, das tägliche Leben war schließlich voller ungelöster Fragen, das Wetter, das Fernsehprogramm, und schon wieder hatte der Affenbrotbaum seine Blätter abgeworfen.

Sie müssen lächeln, sagte der Chef, der Kunde hat ein Recht darauf, daß Sie lächeln. Er stand vor der Käsetheke und schaute prüfend auf die Auslage. Sabine Schwarzer wartete auf seinen Einwand, sie war sicher, daß er irgend etwas finden würde. Sie hatte die Scheiben poliert, die Fingerabdrücke von den silbernen Aufschnittplatten gewischt, das Plasteweinlaub liebevoll darum drapiert. Der Chef nahm es zur Kenntnis. Der französische Ziegenkäse muß weiter nach vorn, sagte er schließlich, man könnte ja glauben, Sie mögen keinen französischen Ziegenkäse. Sie mögen doch französischen Ziegenkäse? Noch während er die letzten Worte sprach und ohne eine Antwort abzuwarten, drehte er sich um und ging in Richtung seines Büros. Sabine Schwarzer sah ihm hinterher, und plötzlich, noch bevor der Chef zwischen den Regalen verschwunden war, äffte sie ihn nach, fuchtelte mit dem Käsemesser wild in der Luft herum. Sie mögen doch französischen Ziegenkäse, fragte sie mit leiser, quäkender Stimme. Und lächeln, sagte sie zu sich selbst, immer lächeln. Was wollte der eigentlich von ihr? Sie schnitt eine Grimasse, doch gleich im nächsten Moment erschrak sie, spürte, wie ihr Herz raste, und schaute sich verunsichert um, ob jemand etwas bemerkt haben könnte. Der Chef ging seiner Wege, doch vor dem Schnapsregal stand der Mann vom Wachdienst und lächelte zu ihr herüber, als habe er mit ihr eine Verschwörung angezettelt. Warum schaut er denn immer zu mir herüber, dachte sie und konnte sich nicht entschließen zurückzulächeln. Beschämt senkte sie die Augen und rückte den französischen Ziegenkäse nach vorn.

Michalke saß am Schreibtisch und rückte die vor ihm stehende Sanduhr zurecht. Gebannt starrte er auf den ziegelroten Sand, der durch die Verengung des Glaszylinders rann, ein dünner, kaum sichtbarer Strahl, der im unteren Teil des Kolbens einen kegelförmigen Haufen bildete, dessen Seiten immer wieder wegrutschten, um gleich darauf erneut von unten nach oben anzuwachsen. Die Sanduhr stand seit Jahren auf seinem Schreibtisch und erfüllte keinen Zweck, Michalke hatte sie aus einer Laune heraus irgendwann gekauft. Erst später, als er wieder einmal wartend vor seinem Computer saß und das Symbol einer Sanduhr auf dem Bildschirm erschien, wurde ihm klar, warum er es wohl getan hatte. Er hatte die Uhr immer im Kopf gehabt. Man steht in einem Trödelladen und kauft plötzlich so eine Uhr, weil man die Uhr, ohne es zu wissen, schon immer im Kopf hat. Den Schreibtisch hatte er bei einer Haushaltsauflösung gekauft, von einer trauernden Witwe, die keinen Schreibtisch mehr brauchte. Ganz hinten in einer Schublade, eingeklemmt in eine Ritze des Holzes, hatte er ein Bild des Mannes gefunden. Stolz, die rechte Hand zwischen die Knopfleiste seiner Weste geschoben, stand er vor seinem eigenen, in Öl gemalten Porträt, nun war der Mann tot. Der Schreibtisch hat schon einige Schreiber überlebt, dachte Michalke, genauso wie die Uhr schon mehrere Leben hat verrinnen sehen, er wird auch mich überleben, dafür werde ich den Computer überleben. Um den Computer tat es ihm nicht leid, um den Schreibtisch hätte es ihm leid getan. Als der gesamte Sand durchgelaufen war, drehte Michalke die Sanduhr um. Schon wieder waren fünf Minuten vorbei, waren verloren, wie nie gewesen. Eine Weile noch sah er dem Rinnen des Sandes zu, dann nahm er die Uhr und schüttelte sie, als könne er den gleichmäßigen Lauf des Sandes dadurch verändern. Ihm war, als packe er jemanden beim Kragen und drücke ihm die Kehle zu. Er glaubte ein Röcheln zu hören, aber da war nur das lautlose, gleichmäßige Rinnen des Sandes, das tadellose Funktionieren der Uhr. Gerade noch hatte er ihm fasziniert zugesehen, jetzt versetzte es ihn in Unruhe, es machte ihn geradezu aggressiv. Mit einer hastigen Bewegung stellte Michalke die Sanduhr auf den Schreibtisch zurück; der Sand rieselte unaufhörlich weiter. Seit sieben Wochen sagte Michalke, wenn jemand ihn nach seinem Studium fragte, er schreibe an seiner Diplomarbeit. Die viele Arbeit, sagte er, wo denn anfangen, und ich weiß auch gar nicht mehr, wo mir der Kopf steht. Das war nicht gelogen, aber in Wahrheit hatte er die meiste Zeit an seinem Schreibtisch gesessen und auf den Bildschirm gestarrt. Oder er hatte die Sanduhr umgedreht und auf das Rieseln des Sandes gestarrt. So waren ihm auch die Sätze weggerutscht, jedesmal, wenn er sie hatte aufschreiben wollen. Sein ganzes Leben rutschte ihm immer wieder unter seinen Füßen weg. Unter seinem Haar rieselte der Sand. Er suchte nach einem Halt, einem Ziel. Auf dem Schreibtisch häuften sich Bücher zu Stapeln, überall lagen Zettel herum, an Regalbretter gepinnt, ans Gehäuse des Computers geklebt, verstreut auf dem Fußboden. All die sogenannten Notizen, dachte Michalke, die sogenannten Gedächtnisstützen, doch er konnte es drehen und wenden, wie er wollte, in seinem Kopf war eine Wüste aus ziegelrotem Sand.

Allein der Mann, den er heute morgen gesehen hatte, bildete seinen Gedanken jetzt einen Fluchtpunkt. Jetzt wenigstens einen von diesen Ersatzgedanken denken, dachte Michalke. Der verzweifelte Mann, der vielleicht schon jede Hoffnung aufgegeben hatte, war im Moment seine einzige Hoffnung. Michalke stützte die Ellenbogen auf die Tischplatte, seine Handballen preßten sich gegen die Schläfen, die Finger zerwühlten das Haar. Er wußte, daß auch das eine Inszenierung war, er wußte, daß er so dasaß, weil er sich so dasitzen sehen wollte, weil er hoffte, jemand könnte ihn so sitzen sehen, in dieser Denkerpose, in dieser Verzweiflungspose, die er von Bildern kannte, sich auch immer wieder auf diesen Bildern ansah, weil er die Bilder zwischen all die Zettel ans Bücheregal gepinnt hatte. Dürers »Melencolia«, Rodins »Denker«, billige Kunstdrucke. Die ganze Haltung eine künstliche Haltung, eine abgeschaute Haltung, eine billige Inszenierung. Eigentlich war, dachte er weiter, sein ganzes Denken eine einzige Inszenierung. Dramatisierte er nicht unentwegt, empfand er denn wirklich alles so, wie er es später in seinen Gedanken rekapitulierte und wertete? Er hatte nicht den kühlen, nüchternen Blick eines Wissenschaftlers, der die Dinge losgelöst von sich selbst betrachten konnte. Alles, was er wahrnahm, hatte letztlich mit ihm selbst zu tun, schien nur zu existieren, um von ihm nachempfunden und reflektiert zu werden. Auch den Mann gab es nur, weil er ihn heute morgen gesehen hatte. Ich muß dem Mann einen Namen geben, dachte er plötzlich, der Mann braucht dringend einen Namen.

Grundmann hörte jemanden seinen Namen rufen. Er drehte sich um, doch der Chef, dessen Stimme er erkannt zu haben glaubte, war nicht zu sehen. Niemand war zu sehen. Es gab keinen Grund dafür, daß der Chef noch einmal seinen Namen gerufen haben könnte, aber wer sonst sollte es gewesen sein? Ich höre Stimmen, dachte Grundmann, noch so früh am Morgen und vielleicht schon ein Wachkoller. Er schaute auf die Uhr. Kaum eine Stunde war vergangen, aber er hatte das Gefühl, als sei er schon eine Ewigkeit hier. Der Supermarkt war noch fast leer, in den Schluchten zwischen den Regalen war kein Mensch, und er, der eigentliche Beobachter, glaubte sich unbeobachtet. Also schlenderte er gelangweilt durch die Reihen, mal streckte er seinen Oberkörper, legte die Hände hinter dem Rücken ineinander und schritt gewichtig daher, den Blick frei geradeaus, als schreite ein General die Front ab, dann wieder hatte sein Schritt etwas Leichtes, fast Tänzelndes, er ließ die Arme baumeln, schwang sie mit weit ausladenden Bewegungen herum, oder er rückte die Gürtelschnalle zurecht, rieb sich die blankgeputzten Schuhe an den Beinen seiner Uniformhose blank. Es war, als probe er für einen Auftritt, suche die ihm gemäße Art des Gehens, der Bewegung, die er sonst, wenn er sich beobachtet glaubte, immer als verkrampft empfand. Und er hatte meist das Gefühl, beobachtet zu werden, ein Gefühl, das sich noch steigerte, wenn er andere beobachtete. Dieses Beobachtetwerden verunsicherte ihn, machte ihm angst. Jede seiner Bewegungen war eine falsche Bewegung. Vor einem der langen Schnapsregale, die, das mußte man dem Chef lassen, jedem Fachhandel zur Ehre gereicht hätten, blieb er stehen, schaute nicht ohne Befriedigung auf die gleichmäßig ausgerichteten Reihen der matt schimmernden bunten Flaschen, die Schulter an Schulter standen wie Rekruten, griff zuweilen nach einer, die zur Seite gedreht war, und richtete sie aus; jemand mußte sie aus dem Regal genommen, das Etikett studiert und danach wieder zurückgestellt haben. Irgendein Gelegenheitstrinker, ein Alkoholiker. Es war fast wie früher, als er die Reihen der vor ihm angetretenen Soldaten abschritt, prüfend und wenn nötig nach einem offenen Kragenknopf, einer verrutschten Kragenbinde greifend. Die Dienstvorschrift, die innere Ordnung, die Sicherheit, immer hieß es wachsam sein. Das alles war lange her, viel zu lange schon, als daß die Erinnerung daran ihm noch so etwas wie Selbstvertrauen hätte geben können. Er dachte dennoch gern daran zurück, die Erinnerung immerhin war ihm geblieben, die Erinnerung an eine große Zeit. Und natürlich die Meßtischblätter, die jetzt, falls er das Fenster heute morgen geschlossen und der Wind sie nicht vom Tisch geweht hatte, exakt genordet auf seine Rückkehr warteten. Hoffentlich habe ich das Fenster geschlossen, dachte Grundmann, und während er durch die Regalreihen schritt, entstand in seinem Kopf wieder das Netz der Straßen und Wege, der wie mit der Schnur gezogenen und numerierten Schneisen, an einer Kreuzung stand der Bauernhof mit den in Wirklichkeit hohläugigen Fenstern und dem klaffenden Dach, den verfallenen Scheunen und aufgelassenen Stallungen. Die Tür des Hauses war mit einem Bretterkreuz vernagelt, die Fensteröffnungen des Erdgeschosses verschalt, im einstigen Vorgarten wucherte mannshoch das Unkraut, der Maschendrahtzaun war rostig und niedergetreten, in seinen Gedanken aber war das bereits vor vielen Jahren von seinen Bewohnern verlassene Gehöft noch immer belebt, der Vorgarten gepflegt, und in den geputzten Fensterscheiben blinkte die Sonne. Das Haus war belebt von seinen Erinnerungen. Man müßte die Fenster einfach zunageln, am besten alles vernageln, alles dichtmachen, die Erinnerungen sind allzu flüchtig. In seinem Kopf war dieser Bauernhof am Waldrand ein Idyll, zu dessen Vollkommenheit es gehörte, daß auch er darin ganz selbstverständlich seinen Platz hatte. Dieser Platz lag etwas abseits der Ansiedlung in einem Stück Kiefernwald und wurde von einer kleinen, nach einem fest vorgeschriebenen Schema aufgestellten Ansammlung von Fahrzeugen gebildet, über die er, Major Grundmann, den Befehl hatte. Immer wieder, wenn er in all den Jahren mit seiner Abteilung diese Stellung bezogen hatte, hatte Grundmann davon geträumt, eines Tages in so einem Bauernhof am Rand eines Kiefernwaldes zu leben. Er sah sich aus dem Fenster schauen, am Gartenzaun stehen, neben sich seine Frau, und er ein verdienter Veteran und zeitlebens Kämpfer für den Frieden, hochdekoriert, und auf der Straße die jungen Lehrerinnen mit ihren Schülerinnen, die voller Ehrfurcht auf ihn zeigen, seht mal, ein Held, und eines der Mädchen, schüchtern, in weißer Bluse und mit Blumen im Arm, kommt auf ihn zu. War er denn blind? Der Bauernhof war verlassen, seine Frau ihm schon vor Jahren davongelaufen, alle Träume längst zerplatzt, und er selbst patrouillierte nun durch die Regalreihen eines Supermarktes und bewachte die Schnapsflaschen vor dem Überfall einer Horde heruntergekommener Jugendlicher, denen es, daran bestand für Grundmann kein Zweifel, nur an Zucht und Ordnung fehlte, an einer strengen, ordnenden Hand. Der allgemeine Sittenverfall, überall herrschten Sittenverfall und Ungehorsam, es gab keine Autoritäten mehr, überall nur die sogenannte Demokratie.

Elende Töle, schrie Alex. Weg da, verficktes Mistvieh! Der Hund hatte sich erhoben und war zum Papierkorb getrottet. Er durchwühlte mit seiner Schnauze die Abfälle. Eine leere Bierbüchse fiel scheppernd zu Boden und rollte über den Fußweg. Der Hund blickte ihr nach, dann wandte er sich wieder dem Papierkorb zu. Alex sprang auf, packte das Tier beim Halsband und zog es zurück. Es sah ihn unterwürfig an. Alex drückte den Kopf des Hundes mit ganzer Kraft aufs Pflaster und schrie auf ihn ein, rasend vor Wut, daß er ihm nicht gehorchte. Das Tier winselte. Eine Frau, die gerade vorbeikam, forderte Alex auf, den Hund in Ruhe zu lassen. Sie sagte etwas von Tierquälerei, und überhaupt sei das eine Schande. Alle sahen sie verdutzt an, auch die Frau schien von ihrer eigenen Courage überrascht. Alex hielt kurz inne, ließ dann von dem Hund ab und stand mit einem Sprung direkt vor der Frau. Einen Moment lang sah es aus, als wolle er nun sie packen und zu Boden werfen. Doch er schrie nur auf sie ein. Sein Kopf lief rot an, die Dornen an seinem Halsband zitterten. Du alte Fotze, brüllte er, halt dein Maul. Er schrie seinen ganzen Haß in das Gesicht der Frau, die kein Wort sagte. Regungslos stand sie vor ihm, sie suchte nach einer Antwort, aber ihr fiel keine ein. Der Hund war aufgesprungen und bellte die Frau an. Halt's Maul, schrie Alex nun wieder ihn an. Haste ma bißchen Kleingeld für die armen Tiere, Sprotte grinste die Frau herausfordernd an und hielt ihr eine Blechdose hin. Auch Alex fing nun, als sei alles nur ein Spiel gewesen, zu lachen an. Die Frau zitterte, sie war verwirrt, es schien, als wolle sie, obwohl schon im Gehen, tatsächlich nach ihrem Geld suchen. Sie wühlte, ohne den Angreifer aus den Augen zu lassen, in ihrer Handtasche. Der Hund lief einige Meter bellend hinter ihr her. Alex und Sprotte fielen sich wieder in die Arme. Sie hielten einander fest, taumelten bis auf die Mitte der Straße. Eine Flasche fiel zu Boden und zersplitterte. Der mit dem Verband rannte auf die Straße, riß die Arme in die Höhe, stieß einen Kampfschrei aus und sprang mehrmals auf die Scherben. Gib's ihnen, feuerte der Preuße ihn an. Mach's dir doch selber, zischte der Zwerg. Er hielt sich den verletzten Arm und kam langsam zurück. Der Chef war an die Tür getreten, sah auf die Straße und verschwand sofort wieder. Ein kurzer Blick hatte genügt, um zu sehen, was passiert war. Was ging ihn das alles an? Er hätte Grundmann holen können, oder besser gleich die Polizei. Aber was war denn passiert? Die Punks saßen schon wieder auf dem Fußweg. Nichts war passiert, ein Tag wie jeder andere, ein Geschäftstag, manchmal war es besser, wenn man nichts gesehen hatte. Du bist dran, sagte der Preuße und hielt Alex seine leere Flasche hin. Der grinste und machte sich auf den Weg. Ratte wollte ihm folgen, wich aber vor der sich automatisch schließenden Tür zurück, er stellte die Ohren auf und rührte sich nicht vom Fleck. Leise fauchend schob sich die Glastür auf und zu.

Sabine Schwarzer sah den jungen Mann hereinkommen, der am Morgen neben der Eingangstür gesessen hatte. Obwohl es verboten war, Hunde mit in die Kaufhalle zu nehmen, wunderte sie sich, daß er jetzt ohne seinen Hund erschien. Er kam direkt auf sie zu und grüßte sie mit einer antiquiert wirkenden Höflichkeit, die in krassem Gegensatz zu seinem Äußeren stand. Er war viel jünger, als sie immer geglaubt hatte, und blickte sich nun unsicher um. Auch sie war etwas verwirrt, der unerwartete Gruß, dessen überzogene, sie in Wirklichkeit verhöhnende Freundlichkeit – Alex hatte grinsend eine Verbeugung angedeutet – sie nicht als solche wahrnahm, freute sie, dennoch schaute sie sich sogleich instinktiv nach dem Wachmann um, der eben noch zu ihr herübergelächelt hatte. Jetzt war der Mann natürlich nicht mehr zu sehen, immer war der Mann nicht zur Stelle, wenn man ihn brauchte. Doch eigentlich war sie froh, daß Grundmann ihren stummen Hilferuf nicht wahrgenommen hatte, denn sie ärgerte sich sofort über ihre Ängstlichkeit, für die es ja keinen wirklichen Grund gab. Der junge Mann stand jetzt direkt vor ihrer Theke, sie wollte irgend etwas tun, also forderte sie ihn mit einladender Geste auf, sich von dem Teller mit den Probierstückchen zu bedienen. Sie wußte, daß er nichts kaufen würde, aber gerade deshalb nahm sie den Teller nun sogar in die Hand und reichte ihn dem jungen Mann ein Stück über die Theke, als stünde sie in seiner Schuld. Sie dachte dabei an den Chef, der das sicher nicht verstehen würde, für ihn gehörten die Punks zu keiner der zu umwerbenden sogenannten Zielgruppen. Wir müssen an die neuen Zielgruppen ran, dozierte er immer wieder, der Kunde ist ein scheues Reh. Dieser Kunde war bestimmt kein scheues Reh, und sie verstand selber nicht, warum sie es tat. Während sie ihm die Käsestücke entgegenhielt, suchte sie den Blick des Jungen, doch der schaute sich um, als wollte er eine verbotene, zumindest ihm unangemessene Handlung begehen, griff dann aber dennoch nach den gelben, mit kleinen Papiertrikoloren beflaggten Würfeln. Er ist ja noch ein Kind, dachte sie und starrte dabei gebannt auf seine schmutzigen Hände. Plötzlich sah sie ihren Sohn vor sich, der vom Spielen hereinkam und mit seinen kleinen schmutzigen Fingern nach dem Glas faßte, das sie ihm gereicht hatte. Gierig trank er, und über den Rand des Glases sahen seine großen Augen sie dabei dankbar an. Wie lange war das her? Auch jetzt waren diese Fingernägel schwarz gerändert, aber zwischen Zeige- und Mittelfinger verrieten die gelbbraunen Nikotinspuren den starken Raucher. Noch mehr erschütterte sie, wie rauh und rissig die Haut dieser Hände aussah. Es waren die Hände eines alten Mannes. Sie zog das Tablett, das in ihrer Hand zu zittern begann, zurück und stellte es auf die Theke, war sich aber sofort sicher, daß sie es später, wenn der junge Mann gegangen sein würde, über dem Abfalleimer leeren, gründlich reinigen und neu bestükken würde. Und sie ahnte, daß sie sich noch später auch darüber würde ärgern müssen. Immer wieder ertappte sie sich bei solchen Handlungen, die ihr später absurd erschienen, für die sie keine andere Erklärung hatte als die, daß sie es schon immer so getan hatte, und die sie deshalb mit einer durch nichts zu erschütternden Zwanghaftigkeit immer wieder verrichtete. Es waren meist nur Kleinigkeiten, alltägliche Handgriffe, die penible Art, mit der sie die Wäsche legte, die streng eingehaltene Reihenfolge beim Gießen ihrer Topfpflanzen oder wie sie seit Jahren immer wieder nur die gleichen, ihr vertrauten Dinge einkaufte. Sogar den Körper ihres Mannes berührte sie seit Jahren auf die gleiche ebenso beiläufige wie angestrengte Weise, ein Ritual, das sich von dem des Wäschelegens kaum unterschied. Sie strich über seine warme Haut und versuchte dabei an die Kühle frisch gestärkter Bettwäsche zu denken, die sie so gern berührte. Es gelang immer seltener. Seit Jahren schlief sie mit ihrem Mann mit einem Automatismus von Gesten und Bewegungen, als gelte es, eine Pflicht zu erfüllen. Sie sagte sich, daß sie es aus Liebe tat, doch sie wußte, es war nur die Gewohnheit, es waren nur wie auswendig gelernte Handgriffe, stumme Gesten eines Spiels, dessen sie längst überdrüssig geworden war. Sie verstanden sich blind und waren dabei blind für ihre Mißverständnisse. Manchmal erschien ihr das ganze Leben als eine einzige Abfolge solch alltäglicher Absurditäten samt dem anschließenden Ärger darüber. Das alles, sagte sie sich immer wieder, das alles gibt mir Halt. Schon im nächsten Moment erschien es ihr dennoch überflüssig, geradezu lächerlich. Aber eine von diesen Angewohnheiten zu ändern, wäre ihr so vorgekommen, als würde sie ihr ganzes Leben ändern müssen. Und ihr

Leben ändern konnte doch nur bedeuten, den Halt zu verlieren.

Von ihr unbemerkt, war der junge Mann gegangen. Da sie ihn nun nicht mehr sah, leerte sie das Tablett über dem Abfalleimer, reinigte es gründlich und bestückte es mit neuen Käsewürfeln, in die sie mit einer angestrengten Konzentration, die jeden Gedanken verdrängte, kleine Papiertrikoloren steckte.

Als Grundmann den jungen Mann in den Laden kommen sah, erschrak er. Was sollte er tun? Er wußte ganz genau, was nun von ihm erwartet wurde, und er wußte, daß er eben das nicht tun würde. Er versuchte möglichst gleichgültig und gelangweilt zu wirken, nahm eine Flasche aus dem Regal, las das Etikett, stellte sie zurück, seine Zähne spielten dabei nervös mit der Unterlippe, bis es schmerzte. Nicht einmal cine Waffe habe ich, dachte er plötzlich. Er trat ein Stück zurück, so weit, daß Frau Schwarzer vom Ende der hohen Regalreihe verdeckt wurde und er nur noch den Jungen sah. Sehen, ohne gesehen zu werden, dachte er, alles gelernt, alles in Fleisch und Blut übergegangen, Tag und Nacht jederzeit abrufbar. Er beobachtete den Jungen genau, und in dem Moment, da dieser nach einem der Käsestücke griff, die der wie abgehackt wirkende Arm von Frau Schwarzer ihm entgegenhielt, drehte sich Grundmann um und entfernte sich langsam von den Schnapsregalen. Es war ein geordneter Rückzug, an der Rückseite des Regals blieb er stehen und machte sich an den Tüten mit dem Knabbergebäck zu schaffen. Ein Wachmann ohne Waffe, so weit also ist es schon gekommen, überall Mord und Totschlag, und dennoch gibt es diese sogenannten demokratischen Spielregeln, und ich bin ein Wachmann ohne Waffe, einfach lächerlich. Wenn man wenigstens eine Maske hätte, dachte Grundmann, eine Maske wie diese Rambos von der GSG 9, wenn man sich wenigstens hinter einer Maske verstecken könnte. Aber er mußte sogar ein Namensschild tragen, und nicht einmal einen Schluck aus der Flasche konnte er nehmen, der Rückzugsweg war abgeschnitten, er saß in der Falle.

Obwohl er den jungen Mann nun nicht mehr sah, glaubte Grundmann dessen Nähe zu spüren. Er mußte ihm genau gegenüber stehen, jenseits des Regals. Jetzt, dachte Grundmann, wird er ganz routiniert nach einer Flasche greifen und sie in den unendlichen Weiten seiner Hosentaschen verschwinden lassen. Oder in der Innentasche seiner Jacke. Überall hatten diese Leute heute solche riesigen, sackartigen Taschen, gerade wie zivile Felddienstuniformen, Grundmann kam nicht umhin, sie praktisch zu nennen. Manchmal beneidete er diese Leute, beneidete sie um ihre Kaltblütigkeit. Sie schienen keine Angst zu kennen, hatten keinerlei Bedenken, alles fiel ihnen leicht, sie scherten sich nicht um Gesetze. Und tatsächlich hörte er nun von jenseits des Regals ein leises Klirren, dessen Ursache für ihn sofort glasklar war. Schnell griff er in das Regalfach mit den Salzstangen und verursachte so ein Rascheln der Zellophantüten, das gerade laut genug war, um das Klirren der Flaschen zu übertönen. Wie oft hatte der Chef nicht schon gesagt, er, Grundmann, solle nicht den ganzen Tag nur herumstehen, er solle sich nützlich machen, überall gebe es etwas zu tun, und er sei schließlich nicht als General hier angestellt, der nur durch die Kaufhalle zu stolzieren brauche, wie es ihm gefalle. Grundmann war nie General gewesen, sowenig wie dieser Ungediente sein Chef war, jetzt aber hätte er am liebsten das ganze Regal umgeräumt. Tatsächlich nahm er nun jede Tüte in die Hand und wies ihr einen anderen Platz zu, er räumte das ganze Regalfach neu ein und merkte, wie er dabei zunehmend ruhiger wurde. Vielleicht, dachte er, hätte ich mein ganzes Leben so verbringen sollen, als Sortierer vor einem Kaufhallenregal, als Kartenabreißer in einem Kino, als Schütze Arsch im letzten Glied, frei von Verantwortung und vor allem frei von jeglichem Bekenntnis, das sich später einmal als falsch erweisen könnte, aber hinterher, dachte er, ist man ja immer schlauer. Auch er hatte einmal die Wahl gehabt, er hatte alles freiwillig getan, wie also sollte er heute erklären, daß für ihn die Frage nach Alternativen damals nie aufgekommen war? Damals, mit achtzehn Jahren, als die Werber in der Tür gestanden hatten, als seien sie bestellt mit ihren Argumenten wie Öl. Und hinter ihm im Flur der Vater, der die Uniform schon trug, von der es hieß, sie sichere den Frieden in der Welt. An ihm vorbei hatte der Vater die Werber geduzt und stolz auf seinen Jungen gezeigt, der nun bereit sei zum Dienst am Vaterland. Er selbst hatte keinen Grund zum Widerspruch gesehen, damals im Flur nicht und auch später nicht, es war eine Frage des Glaubens gewesen, und er hatte an seine Mission geglaubt. Er hatte sich nicht verkauft, er hatte sich einfach hingegeben. Wer aber sollte heute ein Interesse an seinen Erklärungen haben, selbst wenn er es hätte erklären können, gegen die Argumente der Geschichte war er ohnehin machtlos. Immer hatten die Sieger der Geschichte die besseren Argumente, er aber gehörte zu den Verlierern. Auch jetzt hatte er wieder die Wahl, noch hätte ein Blick auf die andere Seite des Regals, auf die von ihm gerade ausgerichteten Reihen der Schnapsflaschen genügt, um sofort zu sehen, was passiert war. Und er wußte ohnehin, was passiert war. Noch hätte er Zeit gehabt, zur Kasse zu gehen und den jungen Mann kraft seines lächerlichen Amtes der Tat zu überführen, aber Grundmann blieb selbstvergessen vor dem Regal stehen und ordnete das Salzgebäck, ganze Regimenter von Salzstangen brachte er gegen seine Angst in Stellung.

Alex hatte Angst. Er hatte immer Angst, wenn die Wahl auf ihn gefallen war. Seit er Lou kannte, war die Angst sogar noch größer. Doch wie immer hatte er überlegen gegrinst, als habe er sich nichts sehnlicher gewünscht, als daß die Wahl so ausgehen würde. In Wahrheit war es nie eine Wahl, es war immer eine entschiedene Anweisung des Preußen: Du gehst! Alex hätte nie gewagt zu widersprechen. Auch die anderen wagten es nicht. Alle kannten die Spielregeln und akzeptierten sie. Viel lauter als nötig hatte Alex seinem Hund Anweisungen gegeben. Dennoch hatte das Tier versucht, seinem Herrchen zu folgen, war aber vor der sich schließenden Eingangstür zurückgewichen. Gebannt starrte der Hund nun auf die Glastür. Diesen Platz würde er bis zu Alex' Rückkehr nicht mehr verlassen. Alex versuchte die ganze Zeit, sich den wartenden Hund vorzustellen. Der Hund sitzt vor der Tür und wartet, dachte er, er wartet nur auf mich. Dieser Gedanke half ihm, er machte das ganze Unternehmen zu einer Art Prüfung. Er mußte diese Prüfung bestehen, um anschließend als Held und Erlöser zu seinem Hund zurückkehren zu können. Alex liebte Heldenträume. Sie hatten ihm immer geholfen, schon als Kind, wenn er nachts im Bett gelegen hatte und nicht einschlafen konnte. Allein in der Wohnung, weil die Mutter wieder auf einer dieser Sitzungen für eine noch bessere Welt, eine noch lichtere Zukunft war. Die knarrenden Äste der riesigen Eiche, die sich im Mondlicht vorm Fenster bewegten. Auf der Straße ein Auto, dessen fernes, verlorenes Hupen wie der Schrei eines Käuzchens klang. Er schloß die Augen, und es war wie im Sherwood Forest. Nein, die Mutter war nicht freiwillig gegangen, sie hatte ihn nicht verlassen, sie war als Geisel gefangen im Schloß der Herren von Nottingham. Als Heldin der Arbeit im Klassenkampf. Und nur er, Robin Hood, konnte sie retten. Man brauchte keine Angst zu haben, wenn man auf der Seite der guten Sache stand, auf der Seite der Gerechtigkeit. Er hatte sich die Bettdecke über den Kopf gezogen und Pläne zur Befreiung seiner Mutter geschmiedet.

Im Supermarkt waren nur wenige Leute, was die Sache nicht einfacher machte. Es war nie eine einfache Sache. Zunächst galt es, den Wachmann zu finden. Manchmal schien es, als würde der sich vor ihm verstecken. Alex hatte sich schon oft darüber gewundert, wie leicht es war, ihn zu überlisten. Trotzdem berichteten sie dem Preußen nachher alle ausführlich über dessen Wachsamkeit. Sie erfanden immer neue Tricks, mit denen sie ihn angeblich hinters Licht geführt hatten. Auch heute war die Uniform nicht zu sehen. Alex suchte nach ihr. Er war verwirrt, als die Frau ihm plötzlich das Tablett mit den Käsestücken über die Theke reichte. Es war die gleiche Geste, mit der seine Mutter später, als alle Heldenträume ausgeträumt waren, nach den häufigen Streitereien zwischen ihnen einzulenken versuchte. Diese Mischung aus Verzweiflung und Resignation, diese Unterwürfigkeit, dieser unbedingte, verbissene Wille, eine heile Welt zu schaffen, eine Welt, in der es keine Widersprüche gab und keine Zweifel. Und sie hatte, behauptete sie, das alles ja auch immer nur für ihn getan, einzig für seine Zukunft, das müsse er doch verstehen. Aber wo war sie denn geblieben, die bessere Welt? Die Mutter hatte ihn verlassen, hatte ihn verraten, es war immer nur ihre bessere Welt.

Alex kannte die Frau nicht, er hatte ihr nichts getan. Ihre Freundlichkeit war nicht zu erklären. Er konnte sie nicht ertragen. Er grinste die Frau herausfordernd an. Deutete eine Verbeugung an, aber sie begriff nichts, immer begriffen die anderen nichts. Schon wollte er seinen Mittelfinger zu einer obszönen Geste in die Luft strecken, griff dann aber doch nach den Käsestücken. Sogleich ärgerte er sich über seine Schwäche. Der Käse war ohne jeden Geschmack, eine zähe, gummiartige Masse zwischen seinen Zähnen. Die Frau lächelte dankbar. Es war das Lächeln seiner Mutter. Die gleiche hilflose Scheiß-Freundlichkeit. Die gleiche Ahnungslosigkeit. Ihr verschämter Blick auf seine Hand. Am liebsten hätte er sie angeschrien. Alles wäre jetzt besser als dieses Schweigen. Aber was hätte er ihr sagen sollen? Selbst wenn sie wirklich seine Mutter gewesen wäre, hätte er es nicht gewußt. Alex hatte seine Mutter schon lange nicht mehr gesehen. Manchmal zog er sich nachts noch immer die Bettdecke über den Kopf und hoffte, sie könne zurückkommen und nun ihn befreien, dabei war er es gewesen, der vor Monaten weggegangen war. Er hatte nichts mehr von ihr gehört, sie hätte längst tot sein können. Vielleicht war sie längst tot. Er fühlte nichts bei diesem Gedanken, hatte nur diesen zähen Käse zwischen den Zähnen. Dann ging alles sehr schnell. Am Schnapsregal war niemand zu sehen. Ein Blick, ein geübter Griff. Die Angst war plötzlich weg. Draußen wartete der Hund. Die Flasche Goldkrone glitt in seine Jackentasche. Er tat es für seinen Hund und gegen das devote, zur Maske erstarrte Lächeln der Frau. An der Kasse nahm er zwei Packungen Kaugummi und blickte sich noch einmal nach dem Wachmann um. Er glaubte ihn ganz in seiner Nähe, aber er hatte sich wohl getäuscht. Die Kassiererin sah ihn nicht einmal an. Er legte einen Euro in die Schale und ging. Die Tür schloß sich lautlos hinter ihm. Der Hund sprang freudig an ihm hoch und winselte.

Was, dachte Michalke, spricht eigentlich dagegen, daß ich mich in dem Mann getäuscht habe. Ihm fiel keine Geschichte ein, die zu dem Mann paßte, es gab nur Geschichten, unzählige Geschichten. Die Uniform. Na gut, die Uniform. Aber was bedeutet schon eine Uniform. Hatte er sich nicht selbst heute morgen in dieses alberne, bunte Sportzeug gezwängt, ohne deshalb gleich Teil der olympischen Bewegung zu sein? Die Zeichen waren trügerisch, man mußte ihnen mißtrauen. Nur wer den Zeichen mißtraut, hat eine Chance, die Wahrheit zu finden. Auch diese Diplomarbeit, an der zu arbeiten er seit Wochen vorgab, sich sogar ernsthaft bemühte, was bedeutete sie denn wirklich im Vergleich zum Schicksal eines einzigen, wenn auch völlig fremden Menschen. Er würde die aus einem Dutzend Büchern angelesenen Fakten und Meinungen zu einem neuen Pamphlet zusammensetzen und dieses dann, bevor es in irgendeinem Archiv verstauben würde, mit gespielter Ernsthaftigkeit vor einer Gruppe von gut gekleideten und gut bezahlten sozialwissenschaftlichen Theoretikern verteidigen. Es gab schon viel zu viele von diesen dienstbeflissenen Problemerforschern und Problemverwaltern, viel zu viele überbezahlte Universitätsleichen. Und in ein paar Jahren würde vielleicht wieder jemand genau so dasitzen und dann sein hilfloses Gestammel zum Beweis oder Gegenbeweis einer anderen, ebenso überflüssigen Theorie heranziehen. Und dennoch, dachte Michalke, werde ich weitermachen, die Stadt wird nicht zusammenbrechen, also werde ich weitermachen, werde genau so weitermachen, wie der Sand unaufhörlich durch die Verengung des Glaskolbens rieselt. Trocken und blutleer wie seine Sätze, sein ganzes akademisch anmutendes Geschwätz. Allein schon das Thema. »Zum subjektiven Unterstützungserleben in sozialen Netzwerken delinquenter junger Menschen«. Alles kam ihm lächerlich vor, allenfalls der eigenen Karriere förderlich, einer Karriere, als deren Höhepunkt ein Leben als gutbezahlte Universitätsleiche winkte. So konnte es aber nicht weitergehen, wenigstens heute, wenigstens diesen einen Tag konnte es so nicht weitergehen. Michalke schaltete den Computer wieder aus, und in dem Moment, als das Bild in sich zusammenfiel, als die Schwärze mit einem Schlag über den ganzen Bildschirm schwappte und einen entschiedenen Schlußpunkt hinter diesen Teil des eben erst begonnenen Tages setzte, wurde ihm klar, daß er den Mann Nämlich nennen würde. Nämlich, wie die Figur aus einem Buch, das er kürzlich gelesen hatte und dessen erste Sätze ihn sofort für dieses Buch eingenommen hatten. Genauso wie ihn die erste Begegnung mit dem Mann sofort für diesen eingenommen hatte. »Ich bin ein Mensch, dem einiges unklar ist, nicht bloß dort draußen in dem Lauf der Welt, wie man sagt. Vielmehr bin ich über mich selbst in einem bestimmten Punkt unklar.« Das waren Sätze nach seinem Geschmack. Es gab viele Punkte, in denen Michalke sich unklar war, wenigstens über diesen Herrn Nämlich aber wollte er jetzt Klarheit. Noch wußte er nicht, wie er diese Klarheit erlangen sollte, was das alles mit seinem Leben zu tun hatte, aber irgend etwas trieb ihn zurück an den Ort der ersten Begegnung mit diesem fremden Mann. Dieser Augenblick des Innehaltens, dieser Moment der Verwirrung des fremden Mannes, dessen Zeuge er hinter der Windschutzscheibe des Autos zufällig geworden war, war nämlich auch für ihn ein Augenblick der Verwirrung. Ein Punkt, von dem aus man noch einmal anfangen konnte, den heutigen Tag, das ganze Leben. Michalke war auf die Bremse getreten, er hatte einen Augenblick innegehalten. Und jetzt: Wie denn beginnen? Er durfte Herrn Nämlich nicht mehr als Uniformierten sehen. Er mußte ihm in seinen Gedanken eine neue Existenz verschaffen, ihn nach seinem Bilde formen. Ein Mann ohne besondere Fähigkeiten, dachte er, ein Leben ohne größere Schwierigkeiten. Vergeudete Talente, vertane Chancen, das Hoffen auf die eine große Gelegenheit, die alles verändert. Ein Lottogewinn, die Erbschaft eines längst vergessenen Verwandten, mehr fiel ihm nicht ein. War er nicht in einem Alter, in dem man nur noch auf Zufälle hoffen konnte?

Und dann wieder ein Tag, an dem nichts geschieht, an dem wie jeden Tag nichts geschieht, außer daß ein Mann über die Straße geht und erschrickt und nicht weiß, warum. Was soll schon sein, ein Tag wie jeder andere, ein Leben wie tausend andere. Eine zufällige Begegnung, ein Gesicht, eine Ahnung von einem Gesicht. Eine plötzliche Verunsicherung, wie aus heiterem Himmel. In so einem Augenblick merkt man erst, daß das Herz tatsächlich schlägt, daß man noch lebt. Und ist auch im nächsten Moment schon wieder vorüber. Er hatte den Mann als verstörten Mann überhaupt erst wahrgenommen, war mehr auf die Verstörung aufmerksam geworden als auf den Mann. Es war, als habe er sich letztlich selbst, um Jahre gealtert, auf der Straße getroffen. Der gleiche Schreck, die gleiche Ratlosigkeit. Die gleiche Einsamkeit. Er mußte versuchen, sich Herrn Nämlich mit einer Frau vorzustellen. Oder, besser noch, vertieft in ein Gespräch, und warum nicht mit ihm? Vielleicht konnte ihm dieser Herr Nämlich ja ein Gesprächspartner werden, er würde wenigstens versuchen, ihn sich als Zuhörer zu denken.

Vielleicht sollte ich mir einen Hund anschaffen. Der Gedanke war Sabine Schwarzer noch nie gekommen. Gewiß, sie liebte Tiere, ging oft im Zoologischen Garten spazieren und sah sich im Fernsehen gern Tierfilme an, aber jeglicher Körperkontakt oder gar die Vorstellung, ein solches Tier in ihrer Wohnung zu haben, waren ihr zuwider. Vor manchen Tieren hatte sie Angst, oder sie ekelte sich, wenn sie zum Beispiel den Speichel in langen Schlieren aus den Lefzen eines Hundes tropfen sah. Der Hauptgrund ihrer Scheu aber lag darin, daß Tiere für sie etwas

Fremdes, Unheimliches hatten, Wesen waren, deren Reaktion sie nicht vorhersehen konnte und mit denen sie deshalb nichts anzufangen wußte. Alles Unvorhersehbare verunsicherte sie, machte ihr angst. Wenn sie nun dennoch diesen Gedanken hatte, so war auch dieser ein sehr flüchtiger, keiner, aus dem ein ernsthafter Wunsch erwuchs, den sie realisieren würde. Einen Tag lang allein durch eine fremde Landschaft fahren, sich einen Hund anschaffen, das sagt man doch nur so dahin. Schon oft hatte sie die einsamen Spaziergänger mit ihren Hunden beobachtet, wie sie ihre Hunde von den Leinen ließen, auf den Straßen, in den Parks, auf den Wiesen am Ufer des Flusses, wo auch sie eine einsame Spaziergängerin war. Sie beugten sich herunter und kraulten ihnen das Fell, und sicher flüsterten sie ihnen dabei etwas ins Ohr, einen Auftrag, einen immer wieder gleichen, geheimen Wunsch, und dann ließen sie sie von den Leinen. Und wie die Hunde losstürzten, scheinbar ziellos zuerst, mit ungelenken, theatralischen Bewegungen, wie sie sich völlig haltlos und übermütig gebärdeten, um plötzlich doch ganz zielstrebig einem anderen Hund nachzusetzen, ihn zu stellen, wie sie ihn dann freudig umkreisten, beschnüffelten, wie sie ohne Scheu in einer Orgie an Freude und Gier übereinander herfielen. Die einsamen Spaziergänger sahen ihnen zu, mit diesem versonnenen Lächeln im Gesicht, und hätten es ihnen am liebsten gleichgetan. Und taten sie es den Hunden, froh, der Einsamkeit entkommen zu sein, nicht schließlich gleich, wenn auch sehr bedächtig, mit maßvollen, zögernden Schritten, mit abschätzenden Blicken, ersten vorsichtigen Worten? Und immer war dieses geheimnisvolle Lächeln in den Gesichtern. Sie hatten auch immer gleich etwas zu reden. Ihr Hund? Na klar! So ein schöner, so ein netter aber auch, ein ganz netter und noch so verspielt, und weiß doch immer ganz genau, was er will, wie alt denn, ach schon, und immer noch solo, Sie wissen, was ich meine, wenigstens einmal im Leben sollte so ein Hund schon dürfen, und Hunde sind ja sowieso immer die besseren Freunde, sozusagen immer die besseren Menschen. Immer wieder hatte Sabine Schwarzer gesehen, wie diese einsamen Spaziergänger dank ihrer Hunde zueinanderfanden, wenigstens für einige Minuten ihre Scheu verloren und letztlich keine einsamen Spaziergänger mehr waren. Sie war sich sicher, daß sie dabei glücklich waren. Nur sie ging immer wieder allein über die Wiesen am Ufer des Flusses, allein, ohne ihren Mann, der zu Hause in seinem Sessel saß und sich selbst und alle Hunde haßte.

Alex stieß den Hund beiseite. Alles klar? fragte der Preuße. Alex grinste. Und der Pappkamerad? Wie eine Klette, voll die Härte, immer hinter mir her, scharf wie ein Schießhund der Alte. Mit der rechten Faust schlug der Kleine in seine geöffnete linke Hand, daß es klatschte. Die Schweine, diese Scheißbullen, quäkte er und hielt sich dann mit schmerzverzerrtem Gesicht den Verband. Und, was is' jetzt? Sprotte war ungeduldig geworden, nun rück schon raus! Alex grinste wieder und holte die kleine Packung aus der Tasche. Käse? fragte er und hielt ihnen die Kaugummis hin. Verständnislos glotzten die anderen ihn an. Einige Augenblicke genoß Alex ihre Verwirrung, dann zog er triumphierend die Flasche Goldkrone aus der Innentasche seiner Jacke. Der Preuße riß sie ihm aus der Hand, las das Etikett und nickte anerkennend. Der Nacken des Hundes war weich und warm, als Alex ihn kraulte, er hockte sich vor ihm nieder, faßte kräftig in das Fell zu beiden Seiten des Halses und zerrte an dem Tier. Na siehst du, alles halb so schlimm, murmelte er ihm leise zu. Freudig erregt wedelte der Hund mit dem Schwanz. Die Flasche machte die Runde. Auf den elenden Schießhund! Prost! Der Kleine nahm einen großen Schluck und schüttelte sich. Und jetzt? fragte Alex. Keiner antwortete ihm, er hatte auch keine Antwort erwartet. Vielleicht ist meine Mutter schon tot, sagte er plötzlich und wußte nicht, warum. Die anderen schwiegen. Sprotte klimperte mit seinen Ketten, während der Preuße noch einmal angestrengt das Flaschenetikett studierte. Fünfunddreißig Prozent, immerhin. Die alte Fotze, tönte schließlich der Kleine, hat sie dich nun rausgeschmissen oder nicht! Alex sah ihn haßerfüllt an. Verdammte Scheiße, noch ein Wort, und ich polier dir die Fresse! Nun mal sachte, mischte sich der Preuße ein, was is'n überhaupt los? Vergiß es, sagte Alex und setzte sich etwas abseits neben Ratte auf den Fußweg. Das Schlimmste war, daß der Kleine recht hatte. Ich mein ja nur, sagte der kleinlaut, aber keiner beachtete ihn. Der Kleine hatte verdammt noch mal recht, Alex konnte sich einreden, was er wollte, die Mutter hatte ihn rausgeschmissen. Aber er wäre sowieso irgendwann gegangen. Ihre bessere Welt war nie seine Welt gewesen. Er war älter geworden, die nächtliche Angst war gewichen, gegen die Fragen, die an ihre Stelle getreten waren, halfen keine Heldenträume mehr. Die Mutter hatte nur Phrasen erwidert, sie hatte keine Antworten, also gab sie dem Fragenden die Schuld. Wer nicht mit uns ist, ist gegen uns, das waren ihre Worte gewesen, und es waren Worte aus dem Zentralorgan. Aber sie war ja seine Mutter, trotz allem war sie seine Mutter, Alex hatte sie nicht quälen wollen, er hatte sich auf die Zunge gebissen, das Blut, das sich in seinem Mund sammelte, schmeckte bitter. Er hatte es heruntergeschluckt. Er hatte sie trotz allem geachtet, der Konsequenz wegen, mit der sie damals an ihrem Traum festhielt. Und dann? Nach jenem Herbst, in dem sich einige seiner Fragen wie von selbst zu beantworten schienen, als Alex glaubte, daß es nun Zeit sei für die Wahrheit auch zwischen ihnen, änderte seine Mutter plötzlich ihr Leben. Als habe sie all die Jahre auf nichts anderes gewartet, änderte sie ihr Leben, sie färbte sich die Haare, kaufte Schmuck und kleidete sich nach der Mode. Alex sah fassungslos zu, wie sie vor seinen Augen eine andere wurde, wie sie eine andere Sprache lernte und Antworten wußte auf Fragen, die nie gestellt werden würden. Und als er sich die Fahne des gewesenen Staates auf den Ärmel nähte, da war sie es, die ihm vorwarf, die Zeichen der Zeit zu verkennen. Seine Mutter, statt Überzeugungen verkaufte sie nun Versicherungen, die Geschäfte gingen gut in solch unsicheren Zeiten. Sie hatte sich eingerichtet, sich viel zu schnell eingerichtet, statt auf die Zukunft wartete sie nun auf den Feierabend, statt Revolution machte sie nun die Hausordnung. Da war kein Platz mehr für Helden aus dem Sherwood Forest. Die Herren im Schloß hatten gewechselt, ihre Geiseln aber waren die gleichen geblieben.

Was is'n eigentlich für ein Tag heut? fragte Sprotte und spuckte einige Tabakkrümel, die sich aus seiner filterlosen Zigarette gelöst hatten, auf den Fußweg. Mittwoch, antwortete der andere der beiden Jungen, die mit den jungen Hunden gekommen waren, eifrig wie ein Musterschüler. Er hieß François und ging eigentlich noch zur Schule. François war kein Name, sie nannten ihn alle nur Franz. Mittwoch is' immer Scheiße, sagte der Kleine und begann an seinem Verband zu nesteln, auf dem der Fleck größer und dunkler geworden war. Is' doch egal, sowieso jeden Tag die gleiche Scheiße. Alex stand auf und kickte einen Kronkorken auf die Straße. Man müßte mal wieder 'n Ding drehn, sagte Sprotte. Ich bin dabei, rief der Kleine begeistert, aber was? Na eben 'n Ding. Sprotte war nachdenklich geworden, irgendwas Spektakuläres, so 'n ganz großes Ding, von dem alle reden, das in den Zeitungen auf der Titelseite steht. 'ne Mülltonne abfackeln, warf Franz ein, das ist immer geil! Kinderkram, man bräuchte einen Plan, meldete sich nun auch der Preuße zu Wort, 'n richtig guten Plan. Plan is' Scheiße, maulte der Kleine, so was muß aus der Kalten kommen, versteht ihr, aber dann mit allem Drum und Dran, das ganze Programm, daß die doofen Bullen das große Grübeln kriegen. Geiler Schlitten, rief Franz plötzlich. Auf der Straße fuhr ein Mercedes vorbei. Mensch, 'n 200er Coupé, Sprotte war aufgesprungen und schaute dem Wagen hinterher, 1998 Kubik, 163 PS, 230 Spitze, Ledersitze, alles nur vom Allerfeinsten, übelst geil, wenn ich die Kohle hätte, würde ich mir auch so 'n Ding kaufen, aber auf alle Fälle als Cabriolet.

Als Grundmann das Fach wieder eingeräumt hatte, ging er auf die andere Seite des Regals, sah sich nach allen Seiten um und rückte eine Flasche Goldkrone aus der zweiten Reihe nach vorn. Dann schlenderte er langsam in Richtung Kasse. Er ging am Käsestand vorbei, wo Frau Schwarzer gerade das neu bestückte Tablett auf die Theke stellte und ihn keines Blickes würdigte. Grundmann aber glaubte, daß sie ihn sah, daß sie ihn die ganze Zeit beobachtet hatte. Vielleicht weiß sie sogar Bescheid, vielleicht hat sie mich durchschaut, ganz sicher hat sie mich durchschaut. Er wußte fast nichts von ihr, dennoch war er sich sicher, daß sie ihn nicht verraten würde. Das Gehen fiel ihm trotzdem schwer, er lief wie über Eis. Jetzt würde sie ihm nachschauen, würde das Tablett abstellen und sich mit ihren Händen über den weißen Kittel streichen. Der Stoff würde sich über ihren Brüsten spannen. Schon oft hatte Grundmann von ihren Brüsten geträumt. Brüste wie Käselaibe. Der Gedanke an sie hatte ihm manche Stunde Schlaf geraubt, auch jetzt ließ er ihn nicht ruhiger werden. Die Vorstellung, mit ihr zu schlafen, war einfacher als die Vorstellung, mit ihr zu reden, in seiner Phantasie gab es kein Davor und kein Danach, es gab kein Warum, es gab nur diesen weichen, gelblichen Körper, in dem er versank.

An der Kasse war noch nicht viel los, auf dem schwarzen Transportband lag nur eine Tüte Bonbons, ein kleiner Junge schüttete behutsam eine Handvoll Kleingeld in die Metallschale. Von dem Punk war nichts mehr zu sehen. Alles klar? fragte Grundmann die Kassiererin. Sie war jung, trug ein Piercing im Nasenflügel und tippte gelangweilt den Preis der Bonbons in die Kasse. Grundmanns Frage schien sie überhört zu haben, mit einem Seufzen zählte sie das Kleingeld nach, dann nickte sie dem Jungen zu, ohne ihn dabei anzusehen. Grundmann stand neben der Kasse, sein Blick irrte umher, blieb aber immer wieder am Ausschnitt der Kassiererin hängen, wo auf dem Ansatz der Brust ein Stück von einem Tattoo sichtbar war. Am liebsten wäre er sofort wieder weggegangen, doch er fürchtete, damit seine Unsicherheit erst recht zu verraten. Also blieb er stehen, schob seine Daumen hinter die Gürtelschnalle und stellte sich, die Beine leicht gespreizt, in einer Haltung auf, von der er glaubte, sie gleiche der eines dieser amerikanischen Polizisten aus der Bronx oder aus Harlem, in unzähligen Filmen hatte er das gesehen. Eigentlich mochte er diese Filme nicht, es war immerhin der Klassenfeind, auch wenn ihn dieser immer wieder unverhohlen zur Schau gestellte amerikanische Patriotismus beeindruckte. Für Patriotismus bestand für Grundmann kein Anlaß mehr, er hatte sein Vaterland längst verloren; wenn er sich dennoch in dieser Haltung aufstellte, so war es eine Geste der Hilflosigkeit. Und wegen der Uniform war er damals ganz bestimmt nicht zum Militär gegangen. Als Kind hatte er es sogar lächerlich gefunden, wenn der Vater nach Hause gekommen war, sich die Stiefel ausgezogen hatte und mit Pantoffeln an den Füßen, aber noch immer in dieser Hose durch die Wohnung gelaufen war, bei der man glauben konnte, die Beine hätten Ohren. Aber da war sie wieder, die Frage nach dem Warum. Warum fragten ausgerechnet ihn alle nach dem Warum? Putin war jetzt Präsident, den fragte keiner mehr nach der Vergangenheit, vor dem standen sie stramm, der hielt jetzt Reden vor den Bossen der deutschen Industrie. Mit Putin hatte er zusammen am Stammtisch in der Kneipe »Am Thor« gesessen! Damals, als auch der noch eine Uniform trug und hier stationiert war. Feiner Kerl, der Wladimir, alles, was recht ist, Pferde hätte man mit ihm stehlen können. Solche Leute hätte man damals hier gebraucht, dann wäre einiges anders gelaufen, aber hier hatten die ehemaligen Pfaffen mit all ihrer Scheinheiligkeit die Macht übernommen. Grundmann ging heute nicht mehr in die Kneipe, er soff seinen Schnaps zu Hause, und Putin trank jetzt auf Staatsempfängen, so war das Leben. Der Grund, vielleicht hatte es den einen Grund auch gar nicht gegeben, vielleicht hatte ihm erst seine Dienstzeit die Argumente geliefert. Und natürlich hatte er sie geglaubt, sie als seine Überzeugungen ausgegeben. Vielleicht wollte er auch jetzt nur der Kassiererin imponieren. Alles o.k.? fragte er nun etwas lauter und versuchte der Frage den Tonfall einer Feststellung zu geben. Was? fragte die Kassiererin genervt, dabei senkte sich ihre Brust und gab für einen Moment das ganze Tattoo frei. Es war das Gesicht eines chinesischen Drachens. Die Frau schaute zu ihm auf. Der Drache blickte finster und schlug seine Zähne in das weiche weiße Fleisch der Brust. Grundmann biß sich auf die Innenseite der Unterlippe, der Schmerz lenkte ihn ab, sein rechtes Knie zitterte, rührt euch, sagte er zu sich, stellte das linke Bein ein kleines Stück nach vorn und knickte das zitternde Knie ein. Die Kassiererin sah ihn noch immer an, er war sich nicht sicher, ob herausfordernd oder fragend. Na dann, sagte er kleinlaut und schlich davon. Er ging wieder durch die Regalreihen, aber in Gedanken war er schon weit weg. Das Meßtischblatt, die Kompanie aus Papier, die sicher in Deckung lag und nur auf seinen Befehl wartete. Heute abend würde er mit fester, sicherer Stimme den Befehl geben, das Spiel würde seinen Lauf nehmen. Es war ein Spiel, dessen Regeln und Verlauf nur er selbst bestimmte. Das Leben konnte so einfach sein.

Eigentlich müßte es ganz einfach sein, den Mann zu finden. Michalke stieg am Königsplatz aus der Straßenbahn und folgte der Richtung, in die der Mann am Morgen gegangen war. Er kannte sein Ziel nicht, aber es gab in dieser Seitenstraße nur drei Möglichkeiten, der Supermarkt, eine Bank und ein neues Bürogebäude, dessen Mieter sich für so gefährdet hielten, daß sie die Dienste eines Wachunternehmens in Anspruch nehmen zu müssen glaubten. Der Verkehr floß unverändert träge dahin, kam an der Ampel zum Stehen, und Michalke war froh, dieser geordneten Ziellosigkeit entkommen zu sein. Er nutzte die Gelegenheit, die Straße zu überqueren. Noch immer wußte er nicht, was er sich von einer Begegnung mit Nämlich eigentlich erhoffte, wußte nicht einmal, ob er den Mut haben würde, ihn anzusprechen. Bislang hatte er sich immer mit seinen Gedanken begnügt, dieser Nämlich aber interessierte ihn. Vielleicht werde ich ihn nicht einmal ansprechen, dachte er, ganz sicher werde ich ihn nicht ansprechen. Ich könnte ihn ansprechen, sagte er sich schon wenige Schritte später, die Uhrzeit, irgendeine Auskunft, ein Vorwand würde sich finden lassen, oder ihn provozieren, seine Wachsamkeit herausfordern und damit seine berufsmäßige Aufmerksamkeit auf mich ziehen. Eigentlich ist mir der Mann gleichgültig, es ist völlig egal, wie er heißt und wie ich ihn nenne, es ist lächerlich, seinen Spuren zu folgen, genausogut könnte ich Briefmarken sammeln, mir die Auslagen der Geschäfte ansehen, all die Dinge ansehen, die ich nicht brauche, nie brauchen werde. Er blieb vor einem noch unsanierten Haus stehen, dessen bröckelnder Putz am Erdgeschoß mit weißer Farbe übertüncht war, so eilig und ungleichmäßig, wie die Stämme von Obstbäumen mit Kalk gegen Frostschäden beschmiert werden. Er schaute sich die Auslagen an, Dutzende von Handys lagen hinter der Scheibe, irgendwelches Computerzubehör, das er nicht zu benennen wußte. Man kann heute am Computer sitzen und mit der ganzen Welt über die Grausamkeit der Batteriehaltung von Legehennen diskutieren, aber wenn die Nachbarin plötzlich in der Tür steht und nach einem Ei fragt, bekommt man kein Wort heraus. Nichts hatte sich geändert, trotz dieser sogenannten Kommunikationsgesellschaft, man redet und redet, aber zu sagen hat man sich nichts. Alles stand still und mußte doch ständig in Bewegung gehalten werden, permanent mußte ein Sinn erfunden werden für Dinge, die im Grunde sinnlos waren, ganz und gar überflüssig, nur da, um das Gleichmaß der Tage auszuhalten, um nicht verrückt zu werden. Und gerade daran wurde man täglich verrückt. Man erfand die absurdesten Aufgaben und setzte sich Termine, die man sogleich unaufschiebbar nannte, alles, um nicht an den einzigen unaufschiebbaren Termin, den eigenen Tod, erinnert zu werden. Alles ist wichtig, aber nichts mehr hat Bedeutung. Immer muß man sich ein Ziel ausdenken und hat natürlich nie ein Ziel. Man läuft nur umher, und dann steht man am Ende einer Sackgasse und dreht sich aufgeregt im Kreis, als könne man sich nicht für einen Weg entscheiden, dachte Michalke, während er die Straße entlangging, deren Ende sich zwischen den Häuserfronten in einem Gewimmel von Menschen, Autos und Reklameschildern verlor. Dort irgendwo mußte Nämlich sein, ein Fremder, der ihm, Michalke, immer fremd bleiben würde, vielleicht sogar immer fremder werden würde, je mehr er versuchte, ihn kennenzulernen. Immer geben wir vor, jemanden kennenlernen zu wollen, und stellen dann fest, daß er uns nur noch fremder wird, je mehr wir über ihn zu wissen glauben. Michalke wußte nichts, trotzdem machte er sich Sorgen um den Mann. Er versuchte sich vorzustellen, was Herrn Nämlich heute morgen derart verunsichert haben könnte. Vielleicht war der Mann krank, hatte vergessen, seine Medizin einzunehmen, oder er hatte einen wichtigen Termin versäumt, eine für sein berufliches Weiterkommen entscheidende Unterredung mit seinem Chef, oder das Treffen mit einer Frau. Herr Nämlich und eine Frau, Michalke versuchte sich das vorzustellen. Er konnte es sich nicht vorstellen. Es lag wahrscheinlich an ihm, obwohl er oft an nichts anderes dachte, konnte er sich auch sich selbst mit einer Frau nicht wirklich vorstellen. Er hatte dafür nichts zur Hand, keine Erfahrungen, keine Sprache, nur die monotonen Bilder aus schlechten Sexfilmen, die er sich manchmal ansah, eher gelangweilt als seine Phantasie beflügelnd. Viel besser konnte er sich vorstellen, daß Nämlich in diesem einen kurzen Moment sein ganzes Leben als ein sinnloses, vertanes Leben vor sich gesehen hatte. Jahrelang werkelt man an seinem Leben als etwas Großartigem, Einzigartigem, und dann sieht man in solch einem Augenblick alles in sich zusammenstürzen. Herr Nämlich war sicher ein wortkarger Mann, oder er war überarbeitet, er hatte den Kopf voll, er würde keine Zeit haben, mit ihm zu reden. Und was hätte er mit ihm, einem Fremden, denn reden sollen?

Michalke betrat das neue Bürogebäude, ein schmuckloser Kasten aus dunkelgrau gestrichenem Sichtbeton, in dem sich neben diversen städtischen Unternehmen und Behörden ein Immobilienmakler und einige Firmen eingemietet hatten, unter deren in glänzende Messingschilder eingravierte Namen, einer merkwürdigen Mischung aus englischen und deutschen Abkürzungen, er sich kein entsprechendes Betätigungsfeld vorzustellen vermochte. Alles bloß Scheinfirmen, dachte er, alles bloß dubiose Beschäftigungsgesellschaften. In der Lobby taten zwei junge Sicherheitsleute Dienst, die den Zweck ihres Daseins allerdings diskret zu verbergen suchten, indem sie sich den Besuchern in ebenso devoter wie aufdringlicher Freundlichkeit als Empfangskomitee und Liftboys andienten. Sie fragten ihn sofort nach seinen Wünschen. Er hatte keine Wünsche, jedenfalls keine, die ihm diese uniformierten Bodybuilder mit ihren sonnenstudiogebräunten Gesichtern würden erfüllen können. Es war einfach lächerlich. Hier würde er Herrn Nämlich nicht finden, blieb also nur der Supermarkt. Denn auch die Bank, das wurde ihm plötzlich bewußt, schied aus. Wachmann war nicht gleich Wachmann, es mußte auch in diesem Metier eine Karriereleiter geben, und der Supermarkt war dabei ganz bestimmt die unterste Stufe. Und Michalke war sich sicher, daß der Mann, den er am Morgen gesehen hatte und jetzt Nämlich nannte, auf der alleruntersten Sprosse stand, und das ohne Chance auf einen Aufstieg.

Er wollte schon wieder umkehren, war sich, dabei dennoch scheinbar unbeirrt weitergehend, ganz sicher, daß er umkehren würde, doch dann sah er die Punks auf dem Fußweg sitzen. Sie prosteten sich zu, unterhielten sich lautstark und lachten, er sah die Hunde, die zwischen ihnen herumtrotteten, die Schnauzen kurz über dem Pflaster, jederzeit bereit, eine zufällig gefundene Spur aufzunehmen. Sie schnüffelten herum, als suchten sie den Tag, als beginne irgendwo auf dem Pflaster ein Weg, den zu gehen sich lohnte. Ein Feldlager delinquenter junger Menschen, sagte Michalke sich und konnte es sich, das Thema seiner Diplomarbeit vor Augen, nicht anders als höhnisch sagen. Michalke ging weiter und wußte nicht, warum.

Sabine Schwarzer wußte nicht, wie es soweit hatte kommen können. Sie verbot sich, danach zu fragen. Wenn man keine Fragen stellte, war eigentlich alles erträglich. Warum also sollte sie sich Fragen stellen? Sie wußte ja, daß es zu spät war. Zu spät für einen sogenannten Neuanfang, zu spät, die eigenen Ansichten zu ändern, in die sie sich eingehüllt hatte wie in einen schützenden Kokon. Manchmal fiel ihr ein, daß sie einmal Freunde gehabt hatte, geduldige Zuhörer und noch ausdauerndere Redner. Aber es war lange her, wie in einem anderen Leben. Nichts war falsch gelaufen, alles war nur so gelaufen, wie sie sich damals, als sie jung waren, sagten, daß es laufen würde, wenn man nicht aufpaßte. Aber natürlich, hatten sie sich damals gesagt, würden sie aufpassen, ganz sicher, na klar doch. Und wozu hat man denn schließlich Freunde. Die Großspurigkeiten der Jugend, die leichtfertig dahingesagten Schwüre. Die langen Abende und Nächte, in denen sie über die Zukunft geredet hatten, über das Leben, wie lange war das her, die kleinen Affären und das Warten auf die eine große Liebe, immer alles oder nichts, die sogenannten Jugendsünden, dann Heirat, Kinder, Beruf und immer noch das Gefühl, alles im Griff zu haben, alles jederzeit unter Kontrolle. Wo waren die Jahre denn hin? Wo war das Lachen hin? Sie hatten es gewußt, das war das Schlimmste, sie hatten aufgepaßt, und es war dennoch so gelaufen. Fast unmerklich, Stück für Stück. Das eigene Leben. Und es ist plötzlich so ein Leben, wie es in den Frauenzeitschriften steht. Das ist doch mein Leben, sagt man dann. Aber man kann nicht einfach aussteigen, kann sich nicht danebenstellen und zusehen, schon gar nicht kann man eingreifen, auch wenn die in den Frauenzeitschriften dann meist ihr Leben ändern. Und natürlich immer zum Besseren ändern. Was das eigene Leben betrifft, dachte sie, bleibt man immer ein Dilettant. Und was, wenn man einen Teil seines Lebens noch einmal leben könnte? Ein Jahr nur, in dem Wissen, was kommt, Woche für Woche, Tag für Tag, die gleichen Handgriffe, die gleichen Gedanken, alles ohne Erwartung, ohne das letzte bißchen Hoffnung. Es wäre unerträglich. Irgendwann steht man an der Käsetheke und wünscht sich heimlich einen Hund. Und sagt sich immer wieder, daß es ja eigentlich erträglich sei, daß es viel schlimmer hätte kommen können. Man sagt die Wahrheit, und die Wahrheit ist doch eine einzige Lüge. Einmal, das war nun schon gut zehn Jahre her, hatte Sabine Schwarzer geglaubt, daß sich in ihrem Leben etwas ändern würde, weil sich alles zu ändern begonnen hatte. Die Wende, sie mochte das Wort nicht, aber ihr war kein anderes eingefallen. Es war damals, so glaubte sie, plötzlich und unerwartet über das Land gekommen, sie war überrascht gewesen und ein wenig verstört, und sie hatte gedacht, daß es ja irgendwie auch über sie kommen müsse. Sie hatte darauf gewartet, heute erschien es ihr sogar so, als sei sie damals bereit gewesen, bereit für die große Veränderung. Mitten in der Nacht hatte ihr Sohn angerufen, um mit ihr darüber zu reden, und hatte dann doch nur mit sich selbst gesprochen. Von seinen neuen Chancen, seinen neuen Möglichkeiten, von seinem Leben, das nun noch einmal beginnen könnte. Morgens in der Straßenbahn wurde über nichts anderes gesprochen, die Leute redeten plötzlich viel lauter. Sie sagten Wende, das Wort aber hatte viele Bedeutungen, es klang mal wie eine Befreiung, wie eine Hoffnung, dann wieder war es ein Schicksalsschlag oder wurde zur alles erklärenden Entschuldigung. Wenn Sabine Schwarzer aus dem Fenster sah, entdeckte sie jeden Tag Neues, an den grauen Wänden waren nie für möglich gehaltene politische Losungen aufgetaucht, die schon wenig später von Werbesprüchen verdrängt wurden. Sie war durch eine fremde Welt gefahren und hatte auf etwas gewartet. Aber es war nichts gekommen, und verändert hatten sich nur die Preise und das Angebot in der Kaufhalle, die sich nun Supermarkt nannte, und natürlich ihr Mann, er hatte erst seine Arbeit verloren, dann hatte er sich selbst verloren. Aus dem ohnehin wortkargen Mann war ein stiller Mann geworden, schließlich ein schweigender Mann, der das Haus kaum noch verließ, der in seinem Sessel saß wie ein ewiger Vorwurf. Ein Vorwurf auch an sie, die ja trotz allem an einen Neuanfang geglaubt hatte. Es war eine törichte Hoffnung gewesen, denn es ist viel einfacher, ein ganzes Land umzukrempeln, als ein einziges Leben. Ich habe meinen Mann verloren, aber ich kann ihn nicht loswerden. Das war ein ketzerischer Gedanke, aber er hatte seinen Reiz. Und manchmal, wenn sie nachts wach war und er neben ihr lag und schnarchte, nahm sie den Gedanken wörtlich und trieb ihn voran. Nachts, wenn die Dunkelheit sie schützte, gab es plötzlich keine Tabus mehr. Und nur eine einzige, schrecklich einfache Lösung. Nachts konnte sie den Gedanken zu Ende denken, es war wie eine Befreiung. In der Dunkelheit fand sie ihre Situation erhellt. Neben ihr lag ihr Mann und atmete schwer, eine riesige röchelnde Masse aus Fleisch und Knochen. Alles könnte ganz leicht sein, alles war ganz einfach, man sah es ja immer wieder im Fernsehen, es brauchte nur etwas Mut, und eine Last würde von ihr abfallen. Wie zur Beruhigung sagte sie sich dann, daß man ja immer mit dem Schlimmsten rechnen müsse, daß man vorbereitet sein müsse auf den Ernstfall. Ein Unfall, eine unheilbare Krankheit, man konnte ja nie wissen. Aber sie wußte, daß es etwas anderes war, etwas in ihr, vor dem sie Angst hatte, das sie nie auszusprechen wagte und das doch auch eine Hoffnung war, vielleicht die einzige Chance.

Sabine Schwarzer lächelte, eine junge Frau war an ihren Stand getreten, bauchfreies T-Shirt und Jeans, die so tief auf der Hüfte saß, daß ein Streifen des schwarzen Slips sichtbar blieb. Sie verlangte ein Stück Edamer. Sabine Schwarzer ließ sich Zeit, wartete, bis die Zahlen der Waage sich beruhigt hatten, sie sah dabei auf den Nabel, auf die braune, unverschämt glatte Haut, es gefiel ihr, aber es war ihr auch peinlich, dann schaute sie in das junge, unverbrauchte Gesicht. Sie sah darin die ganze

Hoffnung und die Naivität ihrer Jugend. Sie hätte etwas sagen wollen, doch sie lächelte nur, lächelte, weil der Chef es so wollte und weil sie immer lächelte, wenn sie nicht mehr weiter wußte. Sie lächelte, weil sie das Lachen verlernt hatte.

Während Grundmann gelangweilt seine Runden durch den Supermarkt drehte, trat plötzlich ein Lächeln in sein Gesicht. Immer wieder, Schritt für Schritt gehend, sagte er sich, daß das alles wenigstens für heute bald vorbei sein würde. Noch ein paar Stunden, und er würde endlich allein sein. Nicht mehr den fremden Blicken ausgesetzt, den höhnischen Fragen des Chefs, nicht mehr gezwungen, unentwegt einfältige Worte gegen die eigene Hilflosigkeit zu stammeln. Er würde sich in aller Ruhe und ohne schlechtes Gewissen einen Schluck genehmigen, einen kräftigen Schluck sogar, er würde die Uniform ablegen, die ja nur eine Uniform zweiter Klasse war, eine ganz und gar lächerliche Hilfsuniform, er würde nicht einmal mehr an Frau Schwarzer denken und sich endlich seinen Meßtischblättern zuwenden können. Andere spielen Schach, dachte er, aber da war keiner, vor dem er sich hätte rechtfertigen müssen. Grundmann, der sein Leben lang gedient hatte, war in seiner kleinen Wohnung am Stadtrand sein eigener Chef. Die vielen verlorenen Schlachten seines Lebens, gebeugt über die Meßtischblätter schlug er sie noch einmal, mit größtmöglicher Akribie und diesmal immer siegreich. Vielleicht, dachte er, als er am Wühltisch mit den Sonderangeboten vorbeiging, vielleicht sollte ich mir einen Sandkasten zulegen. Natürlich mit naturgetreuem und maßstabsgerechtem Zubehör.

Unbedingt brauchte er für das nächste große Manöver einen Sandkasten, er wunderte sich, wie lange er ohne einen solchen Kasten ausgekommen war. Am liebsten hätte er gleich jetzt, auf der Stelle mit den Arbeiten begonnen, unverzüglich, es galt, keine Zeit zu verlieren. Ich könnte mich krank melden oder einfach abhauen, losgehen, an der verdutzten Kassiererin vorbei, durch die sich wie von Geisterhand öffnende Glastür, auf und davon gehen, einfach desertieren. Auf Nimmerwiedersehen verschwinden. Und während Grundmann noch überlegte, ob er sich im Fall einer Flucht nicht wenigstens von Frau Schwarzer verabschieden sollte, und wie ein solch fundamentaler Verstoß gegen die militärischen Grundregeln zu rechtfertigen wäre, kam der Chef auf ihn zu. Grundmann bemerkte ihn viel zu spät, um rechtzeitig ausweichen zu können. Langeweile? fragte der Chef und grinste ihn an. Die Frage war eine Feststellung. Grundmann stammelte etwas von den Salzstangen, die er ausgerichtet habe, und daß er die Situation im Griff habe. Na ja, gelernt ist gelernt, erwiderte der Chef süffisant und forderte ihn auf, ihm zu folgen. Sie gingen in Richtung der Obst- und Gemüseabteilung, an der Käsetheke blieb der Chef plötzlich stehen und unterhielt sich mit Frau Schwarzer. Grundmann stand daneben und wußte nicht, was er tun sollte. Er stand wie ein ungezogenes Kind, das erwischt worden war und nun auf seine Bestrafung wartete. Wie ein auf frischer Tat ertappter Fahnenflüchtiger. Diese Frau Schwarzer war ihm sympathisch, er hatte von ihr geträumt. Einmal hatte sie in einem Traum am Gartenzaun des einsamen Gehöfts gestanden. Auf ihren Unterarmen, mit denen sie sich auf den Spitzen des Zauns abstützte, hatten ihre Brüste gelegen, von den fleischigen Oberarmen zusammengedrückt, waren sie unter dem zwischen den Knöpfen klaffenden Kittel noch deutlicher als sonst hervorgetreten, und Grundmann hatte sie ohne Scheu betrachtet. Ich bin gern für Sie da, hatte Frau Schwarzer gesagt, während ihr Kopf auf das geöffnete Gartentor wies, eine Einladung, die er mit größter Selbstverständlichkeit angenommen hatte. Es war ein schöner Traum gewesen, ein Traum, aus dem er am liebsten nie mehr erwacht wäre. Vielleicht sollte er sie mal zu einem Kaffee einladen, einfach so nach Feierabend. Aber warum sollte sie ausgerechnet mit ihm einen Kaffee trinken gehen? Außerdem war er selbst noch nie einfach so einen Kaffee trinken gegangen, und nach Feierabend wäre es ja auch viel zu spät für einen Kaffee. Wenn ich so spät noch Kaffee trinke, kann ich nachts nicht schlafen, würde sie dann sagen. Und sicher würde ihr Mann warten, dieser Herr Schwarzer, der sie um ihren schönen Namen betrogen hatte. Ganz sicher wird sie mir einen Korb geben, vielleicht wird sie mich sogar auslachen oder sagen, daß der Chef sie gerade eingeladen habe. Tut mir leid, würde sie sagen, aber gerade hat der Chef mich eingeladen.

Endlich ging der Chef weiter, und Grundmann trottete ihm, gehorsam wie ein Rekrut, hinterher. Vor der Auslage mit den Weintrauben blieben sie stehen, der Chef nahm eine der Trauben und hielt sie vor Grundmann in die Höhe. Er hielt sie ihm direkt vors Gesicht und drehte sie langsam. Unter der dünnen, hellgrünen Haut der Beeren schimmerten die Kerne im Gegenlicht wie kleine, in Formalin schwimmende Herzen. Was sehen Sie? fragte der Chef. Grundmann stand neben ihm wie ein begriffsstutziger Schüler, er starrte auf die Früchte und wußte nicht, was der Chef von ihm wollte, bis dieser begann, einige eingedrückte und faulige Beeren von der Traube zu pflücken. Maßnahme Beerenlese, befahl er, ließ die Traube fallen und ging, ohne Grundmann noch einmal anzusehen, davon.

Der Kleine stand noch eine Weile da und schaute dem Auto nach. Scheiß Zuhälterschlitten, sagte er plötzlich. Bist doch bloß neidisch, verteidigte sich Sprotte, als gehöre ihm das Auto schon. Mein Vater hatte damals 'nen schwarzen Lada, sagte der Preuße, schien aber mit seinen Gedanken weit weg. Ich halt's nich' aus, 'nen Bonzenwagen, wer hätte das gedacht. Sprotte sah den Preußen herausfordernd an, der Vater 'n Bonze und der Sohn Berlin-Verbot, war der Alte bestimmt mächtig stolz auf dich. Sprotte rasselte mit den Ketten. Der Preuße schien es überhört zu haben, er nahm einen Schluck aus der Flasche. Alles die gleiche Scheiße, blaffte der Kleine und spuckte auf die Straße.

Vor zwei Wochen hatte die Polizei ihnen Platzverweise ausgesprochen. Ruhestörung und Gefährdung der öffentlichen Ordnung und Sicherheit hatte man ihnen vorgeworfen. Die Leute fühlten sich belästigt. Es stand sogar in der Zeitung, stolz hatte der Preuße es vorgelesen. Aber das war ihnen egal gewesen. Nur daß es kein Foto von ihnen gab, hatten sie schade gefunden. Und sie waren wiedergekommen, hatten bloß für ein paar Tage die Straßenseite gewechselt. Alle hatten für ein paar Tage wie selbstverständlich die Straßenseite gewechselt, die Hunde schienen aufgeregter als sonst, liefen unschlüssig hin und her oder standen bellend am Bordstein. Der Pappkamerad vom Supermarkt hatte sich in dieser Zeit sogar ab und an auf dem Fußweg gezeigt. Die Beine leicht gespreizt, die Arme auf dem Rücken, so hatte er vor der Tür gestanden und zu ihnen herübergesehen. Er hatte kein Wort gesagt. Nur dagestanden wie ein strahlender Sieger. Über die Straße hinweg hatten sie ihn verhöhnt. Er hatte keine Regung gezeigt. Irgendwann aber war dann wieder alles wie immer gewesen. Sie hatten die Straßenseite wieder gewechselt, sie waren zurückgekehrt, und der Wachmann hatte sich still und kampflos zurückgezogen.

Alex fragte sich manchmal, warum sie immer wieder ausgerechnet hierher kamen. Es gab keinen Grund, es hatte sich einfach so ergeben. Wie so oft waren sie ziellos durch die Straßen gezogen, einer von ihnen hatte Bier geholt. Immer hatte einer irgendwann Bier geholt, die anderen hatten vor der Tür gewartet, dann waren sie weitergezogen, einmal aber waren sie geblieben, keiner wußte, warum. So ähnlich hatte Alex einige Wochen zuvor auch die anderen kennengelernt. Eine zufällige Begegnung, ein paar Worte über den Hund, ein Schluck aus der Flasche, eine Runde Bier, und er gehörte dazu. Sonst gehörte er nirgends hin. Sie alle gehörten nirgends hin. Sie suchten die Nähe der Leute. Sie wollten gesehen werden, vielleicht waren sie deshalb hier geblieben. Hier erregten sie Aufsehen, die Unsicherheit der meisten Passanten machte sie selbstsicher. Sie hielten es sich zugute, anders zu sein. Und wünschten sich doch insgeheim, wie diese Passanten zu sein. Sie spielten eine Rolle und wollten nicht wahrhaben, daß es die einzige Rolle ihres Lebens war, daß sie keine andere beherrschten. Statisten in ihrem eigenen Leben. Sie hatten nichts zu sagen und redeten unentwegt. Die schon dutzendfach erzählten Geschichten, ständig die gleichen Witze, über die sie dennoch immer wieder lachten, die gleichen lächerlichen Provokationen. Sie sprachen viel zu schnell und laut. Schweigen war gefährlich, das hatten sie schnell gelernt. Schweigen machte die Situation unberechenbar, wenn sie schwiegen, drohten sie die Kontrolle zu verlieren, aus ihren Rollen zu fallen. Schweigen machte sie zu Pulverfässern.

Der Preuße war der Anführer, er hatte schon viel zu lange geschwiegen. Nun sagte er Prost. Er setzte die Flasche an, stieß dabei den Kleinen mit dem Ellenbogen, wies mit dem Kopf in Richtung des jungen Mannes, der sich ihnen vom Königsplatz her genähert hatte und sie nun gleich passieren würde. Der Kleine nickte grinsend und stieß die Blechbüchse mit dem Fuß schnell auf die Mitte des Gehweges. Die Dose drehte sich scheppernd um sich selbst. Haste ma bißchen Kleingeld für die Aktion Sorgenpunk, fragte der Kleine mit blecherner Stimme.

Michalke hatte mit der Frage gerechnet, doch als sie plötzlich gestellt wurde, erschrak er trotzdem. Im letzten Moment konnte er der Blechbüchse ausweichen, um die sich gleich darauf, durch das scheppernde Geräusch aufmerksam geworden, die Hundeschnauzen drängelten. Er spürte die Blicke der Punks auf sich gerichtet und versuchte, möglichst gleichgültig vorüberzugehen. Er zwang sich, ihnen nicht in die Augen zu sehen. Michalke hatte viel über sie gelesen, nun merkte er wieder, wie wenig er wußte. Es war immer das gleiche, immer wieder die schon dutzendfach erlebte Situation. Und immer wieder die gleiche Verunsicherung, die gleiche Hilflosigkeit. Die Bettler, die Verkäufer der Obdachlosenzeitung, die mit monotoner Stimme ihren Spruch aufsagten, die russische Akkordeonspielerin aus der Unterführung, der Geiger im fadenscheinigen Konfirmandenanzug, sie alle mußten doch Scham empfinden bei dieser Zurschaustellung ihrer verzweifelten Lage, und doch war in Wirklichkeit er es, der sich schämte, war er es, den ihr Anblick kränkte. Michalke hatte noch nie etwas gegeben, nur einmal, als er mit seinem Neffen unterwegs gewesen war, hatte er dem ihn fragend ansehenden Jungen einen Euro zugesteckt, den dieser dann in die bereitgestellte Büchse geworfen hatte. Es war die russische Akkordeonspielerin gewesen, die, auf einem winzigen Klappstuhl sitzend, hingebungsvoll ein deutsches Volkslied gespielt hatte. Michalke kannte die Melodie, ohne daß ihm der dazugehörige Text eingefallen war. Immer fällt einem der Text dieser deutschen Volkslieder nicht ein, nur die Melodie bekommt man den ganzen Tag nicht mehr aus dem Kopf und summt sie immer wieder vor sich her. Der Junge hatte sich der Frau langsam genähert, zögernd und nur so weit, daß seine weit ausgestreckte Hand die Büchse gerade erreichte. Die Münze schepperte auf dem Blech. Er hatte die Frau, die an ihm vorbei ins Weite starrte und selbstvergessen den Kopf nach diesem deutschen Volkslied wiegte, dabei nicht aus den Augen gelassen. Dann war der Junge schnell zurückgekommen, erleichtert und wohl auch in dem Gefühl, eine gute Tat vollbracht zu haben. Die Frau aber hatte getan, als habe sie nichts bemerkt.

Ihre roten, aufgedunsenen Finger waren über die Tasten gelaufen, als führten sie ein eigenes Leben. Die Kinder haben es einfacher, dachte Michalke. Mit der Zeit hatte er sich für sein Verhalten eine Rechtfertigung zurechtgelegt, die er sich in der Hoffnung, sie könne ihn irgendwann tatsächlich überzeugen, immer wieder vorsagte. Wäre es nicht, wenn ich wirklich ein Almosen gäbe, die Anerkennung und damit die Unterstützung eines von mir als ungerecht empfundenen Zustands, würde ich mich dadurch nicht mitschuldig machen, zu einem Knecht des Systems? Manchmal gelang es ihm, mit dieser Erklärung sein Verhalten sogar als eine Art von Widerstand zu betrachten, ein Verhalten, das er, wenn er es bei anderen beobachtete, ohne zu zögern hartherzig nennen konnte. Haste ma bißchen Kleingeld, wiederholte die Stimme neben ihm. Es war eine Frage, die, so wie sie gestellt war, nicht wirklich eine Antwort verlangte, ein eher beiläufiges Gemurmel, eine Floskel, mehr ins Leere gesprochen als an ihn gerichtet. Nun war Michalke wirklich gekränkt, denn ihm wurde plötzlich klar, wie gleichgültig es war, welche Erklärung er sich zurechtlegte, es interessierte keinen. Warum versuchten sie ihn denn nicht aufzuhalten, warum gaben sie ihm nicht wenigstens die Möglichkeit, sich ihnen zu erklären, ihnen zu sagen, daß er auf ihrer Seite stand, obwohl, ja gerade weil er ihnen nichts gab. Michalke blieb stehen, er suchte nach dem zur Stimme gehörenden Gesicht. Nun könnte er ja dieses subjektive Unterstützungserleben aus erster Hand studieren, den Theoretikern von der Uni wäre das bestimmt ein Diplom wert. Doch längst waren alle wieder mit sich selbst beschäftigt, keiner beachtete ihn. Kein Mißverständnis, das es aufzuklären galt, er war sich nicht einmal sicher, ob jemand eine Frage gestellt hatte, stattdessen war plötzlich diese Melodie in seinem Kopf. Auf der Straße ging alles seinen Gang, es war kein sonniger Tag, der Himmel leicht bedeckt, mittlere Temperatur, windstill, eine stabile Großwetterlage, hatte der Nachrichtensprecher am Morgen verkündet. Die Hunde hatten das Interesse an der Blechbüchse verloren, die Glastür öffnete und schloß sich fauchend, ohne daß jemand durch sie hindurchging, sie schnappte nach Luft. Sie war wie eine Einladung und für Michalke die beste Gelegenheit, der peinlichen Situation zu entkommen. Er machte kehrt und betrat erleichtert den Supermarkt.

Du mußt da nicht mehr hingehen, hatte ihr Mann damals zu ihr gesagt. Er hatte ihr die Zeitung hingelegt und mit dem Zeigefinger auf die entsprechende Stelle gewiesen, er hatte mit dem Finger auf die Stelle eingehackt und sie dabei mit einem Blick angesehen, der besagte, daß er es ja schon immer gewußt habe. Und wenn er sagte, daß sie da nicht mehr hingehen müsse, bedeutete das nichts anderes, als wenn er gesagt hätte, du gehst da nicht mehr hin. Sabine Schwarzer hatte ihre Hand auf den trommelnden Finger ihres Mannes gelegt und ihn beiseite geschoben. Es waren kaum zehn Zeilen in den Lokalnachrichten, eine kurze, sachliche Meldung, in der es hieß, die Polizei habe einigen Jugendlichen für den Supermarkt in der Nähe des Königsplatzes eine Platzsperre ausgesprochen. Es habe Anwohnerbeschwerden wegen aggressiven Bettelns, Verunreinigung und Lärmbelästigung gegeben, und die Polizei habe die Ruhe und Ordnung wiederhergestellt. Und die Jugendlichen hätten keinen Widerstand geleistet. Der Chef, dachte sie sofort, das konnte nur der Chef gewesen sein. Sie sah ganz deutlich den goldgelben Hundeurin vor sich, der sich zwischen den getrockneten, nun schwarzen, mit Dreck verklebten Spuren des Vortags langsam den Weg über den Bürgersteig suchte. Es war wirklich ekelhaft. Da siehst du es, sagte ihr Mann, und in seiner Stimme lag nun unverhohlen ein Vorwurf, als seien nicht jene Jugendlichen, sondern seine eigene Frau der Anlaß für ein öffentliches Ärgernis gewesen. Ja und, fragte sie und fügte etwas hilflos hinzu, daß es doch noch halbe Kinder seien. Sie hatte sofort gemerkt, wie ihre Stimme dabei leiser geworden war, daß sie, obwohl sie die Forderung ihres Mannes absurd fand und einen lächerlichen Vorwand obendrein, doch darauf eingegangen war, sich nur noch dafür rechtfertigte, nicht schon lange selbst auf diesen Gedanken gekommen zu sein. Um so schlimmer, sagte ihr Mann und stach mit dem Finger durch die Luft in ihre Richtung, aber du verteidigst sie natürlich noch, immer verteidigst du dieses Gesindel. Ich verteidige niemanden, aber ... Kein Aber, schnitt er ihr das Wort ab, einbuchten muß man solche Leute, einbuchten, sag ich, ab in den Steinbruch. Oder am besten gleich mit dem Knüppel ... aber bitte, es sind ja noch halbe Kinder, da muß man natürlich Rücksicht nehmen, da muß man noch warten, bis sie irgendwann den ganzen Markt ausräumen und jemandem eine Flasche über den Schädel ziehen. Und immer nur mit Samthandschuhen anfassen diese kleinen Verbrecher. Sie wissen doch nicht wohin, wendete sie hilflos ein. Und ich, brauste ihr Mann nun auf, ich weiß auch nicht wohin, aber gehe ich deshalb auf die Straße und belästige die Leute? Er strich mit zitternder Hand einige Tabakkrümel von der Tischdecke, immer wieder, auch als die Decke längst sauber war. Du natürlich nicht, du würdest nie auf die Straße gehen, du hast ja mich. Sie war ungerecht und wußte es, sie wollte ihn provozieren, aber er sagte kein Wort mehr. Er war in seinen Sessel zurückgesunken, und ihr fiel auf, wie alt er geworden war. Er tat ihr jetzt leid, seit Jahren tat er ihr nur noch leid. Sie stand hinter der Käsetheke und sah ihn sitzen, allein in der Wohnung, allein in seinem Sessel, allein mit all seinem Zorn auf sich und sein verpfuschtes Leben. Seit langem fragte sie sich, wie sie das noch länger aushalten sollte, und hielt es seit langem aus. Aber es fiel ihr immer schwerer, nach der Arbeit zu ihm zu fahren, in die Wohnung, die sie ihr Zuhause nannte. Sie hatte ja nur dieses, sie hatte ihr ganzes Leben alles getan, es zu einem guten Zuhause zu machen. Sie hatte alles getan, daß es ihnen gutging, daß es den Kinder gutging, daß es ihrem Mann gutging. Und nun hatte sie manchmal eine merkwürdige Scheu vor diesem Zuhause. Seit einiger Zeit ließ sie die Zimmertüren offen, als habe sie Angst vor geschlossenen Türen. Einmal hatte sie die gleiche Angst in den Augen einer anderen Frau gesehen, sie hatte die Augen niedergeschlagen, weil sie fürchtete, daß man es auch ihr ansehen könne. Und nichts war schlimmer, als daß man es ihr auch noch ansah. Man darf sich nichts anmerken lassen, dachte sie immer wieder, sich nur nichts anmerken lassen. Sie hatte der Frau einen guten Tag gewünscht, mehr konnte sie nicht tun. Sie hatte ihr nachgeschaut, wie sie einen fast leeren Einkaufswagen schob, als wäre er vollbeladen und schwer. Das rechte Vorderrad war blockiert, es quietschte und kratzte und stellte sich zuweilen quer. Die Frau stemmte ihren Körper gegen das Gefährt, hätte sich die Blockierung plötzlich gelöst, die Frau wäre aus dem Gleichgewicht geraten und womöglich gestürzt. Sabine Schwarzer merkte, daß sie lächelte, daß sie wahrscheinlich die ganze Zeit gelächelt hatte. Erst jetzt, da sie sich wieder ihrer Arbeit zuwandte, spürte sie, wie sich ihre Gesichtszüge entspannten. Sie fuhr sich mit der Hand über das Gesicht, als wäre da etwas Fremdes, etwas, das man mit einer Handbewegung einfach abstreifen konnte, wie eine ewig lächelnde Maske aus Pappmaschee.

Drüben am Obststand sah sie Grundmann stehen, mit dem Rücken zu ihr, er beugte sich über die Stiegen mit den Weintrauben, die er einzeln herausnahm und, indem er sich aufrichtete und die Trauben in Augenhöhe langsam drehte, eingehend betrachtete. Sie sah die kahle Stelle am Hinterkopf, die viel zu weit oben sitzende Hose, die sich über dem breiten Gesäß spannte, wenn Grundmann sich bückte, sah die dunklen Schweißflecken unter den Achseln. Merkwürdig, dachte sie, von hinten sieht er aus wie mein Mann. Ein kleiner, dicklicher älterer Mann. Der Gedanke hatte etwas Beruhigendes.

Der kriegt mich nicht klein, der nicht! Grundmann hatte ganze Staaten zusammenbrechen sehen, er hatte schon so tief in der Scheiße gestanden, wie es sich dieser Weichling in seinem albernen weißen Kittel nie und nimmer vorstellen konnte. Er hatte genug Pferde kotzen sehen. Und als der noch davon träumte, endlich Papas Rasierwasser benutzen zu dürfen, da hatte er schon ein ganzes

Regiment Rekruten unter sich. Das sind doch alles nur elende kleine Wichtigtuer, Klugscheißer. Marketingexperten, die brauchen nicht einmal eine Uniform, um einander zu gleichen. Die haben doch keine Biographie, höchstens eine Karriere. Die braucht man nur entscheiden zu lassen, welches Shampoo oder welche Fischkonserve sie diese Woche in die Werbung nehmen sollen, und schon fühlen sie sich, als hätten sie in die Weltwirtschaft eingegriffen und die Börsenkurse beeinflußt. Und wenn etwas schiefgeht, haben sie gleich eine Lebenskrise, rennen mit ihrem ganzen Seelenmumpitz zum Psychiater oder gründen eine Selbsthilfegruppe. Und alle haben sie natürlich eine schwere Kindheit gehabt. Alles Bettnässer! Nur einen Monat, dachte Grundmann, wenn der nur einen Monat mein Leben hätte führen müssen, auf dem Zahnfleisch wäre der gekrochen, vor die Hunde wäre der gegangen. Dieser ganze Westen mit seinen Neurosen kann mir verdammt noch mal den Buckel runterrutschen! Er legte sich die Hand auf den Rücken und richtete sich auf, sein Kreuz tat ihm weh, er versuchte sich zu strecken, reckte sich mit schmerzverzerrtem Gesicht nach hinten. Zähne zusammenbeißen, dachte er, was uns nicht umbringt, macht uns stark, der wird mich nicht kleinkriegen, niemals. Noch zwei Stiegen, dann war er fertig, dann würde er zu seinem Spind gehen und sich einen Schluck genehmigen, keiner würde ihn davon abhalten können, keiner.

Eine Frau stand plötzlich neben ihm, blaßblaues Kostüm, blaßblaue, hochhackige Schuhe, blaßblauer Lidschatten. Sie griff nach einer der von Grundmann bereits ausgelesenen Trauben, hielt sie vor sich in die Höhe, drehte sie mehrmals, an ihrer Hand blinkte ein blaßblauer Stein, sie legte die Traube wieder zurück, nahm eine andere. Auch so eine von denen, die das Mineralwasser abkochen, bevor sie es trinken, dachte Grundmann, Beamtengattin, die träumt sicher von blauem Blut und kennt die chemischen Formeln und alle Nebenwirkungen sämtlicher Konservierungsstoffe. Nach einigen Versuchen gab die Frau auf, blickte angewidert auf die Stiegen und wischte sich die Fingerspitzen mit einem Papiertaschentuch ab, das sie aus ihrer blaßblauen Handtasche genommen hatte. Grundmann hatte sich wieder im Griff, sein Haß hatte ihn stark gemacht, er fühlte sich ihr plötzlich überlegen. Er sah auf die Frau, dachte an den Chef und war sich auf einmal sicher, daß das alles vorbeigehen würde, eine Episode war, ein lächerliches Zwischenspiel, man mußte nur warten können, und er konnte warten, er hatte schließlich sein ganzes Leben lang gewartet. Ein paar Monate, einige Jahre vielleicht. Oder wenigstens bis heute abend, wenn er, über sein Meßtischblatt gebeugt, die erste große Schlacht gegen die blaue Papierarmee schlagen würde. Bald würde er einen Sandkasten haben, man mußte immer vorbereitet sein, man mußte sich fit halten. Er blickte sich um, die Luft war rein, der Chef nicht zu sehen, der sollte seinen Mist gefälligst alleine machen, der konnte ihn mal. Die zwei restlichen Kisten stellte er unsortiert zurück. Dann ging er in den Pausenraum, öffnete seinen Spind und wikkelte die Flasche aus dem Handtuch. Er prostete seinem Spiegelbild zu, das zitternd an der Innenseite der Spindtür hing. Ich bin ganz ruhig, sagte er sich und nahm einen Schluck aus der Flasche. Es dauerte nicht lange, bis der

Alkohol wirkte, die Rückenschmerzen verschwanden, sein ganzer Körper wurde von einem angenehmen, warmen Schauer durchzogen. Er fühlte sich wohl, er hatte sich schon lange nicht mehr so wohlgefühlt. Die Flasche war halb leer, als er sie wieder in das Handtuch wickelte und in den Spind zurücklegte.

Die Flasche war noch immer halb voll. Alex nahm einen Schluck. Dann spülte er das Brennen in Mund und Hals mit Bier herunter. Er zündete sich eine Zigarette an. Nach der Zigarette spürte er die Trockenheit im Mund. Wieder nahm er einen Schluck Bier. Alex hatte ein Problem. Es war nicht der Alkohol, es war seine Gier. Es war seine Unruhe, dieses ständige Getriebensein. Er hatte kein Problem mit dem Alkohol, tagelang konnte er es ohne aushalten. Es machte ihm nichts aus. Er brauchte das nicht. Immer wieder sagte er sich, daß er es nicht brauchte. Wenn aber etwas da war, trank er, unbewußt fast, hemmungslos. Und es war fast immer etwas da. Er konnte sich nicht beherrschen. Er hatte sich nicht im Griff, hatte seine Unruhe nicht im Griff. Er drückte einen Kronkorken zusammen. Er kratzte die Werbeaufschrift von einem Feuerzeug oder das Etikett von einer Bierflasche. Er trank. Es war alles dasselbe. Er mußte sich immer beschäftigen. Er konnte nicht warten, das machte ihn rasend. Er wartete den ganzen Tag und wußte nicht, worauf. Er biß sich die Fingernägel kurz. Manchmal sprang er auf, kletterte auf den Fahrradständer, den Papierkorb, spielte mit Ratte, der freudig an ihm hochsprang. Seine Gedanken aber waren immer schon ein Stück voraus. Wenn die Flasche leer ist, dachte er, werde ich mich freiwillig melden. Sofort hatte er jeden Schritt im Kopf, jeden Handgriff. Es war nicht wegen des Alkohols, aber er mußte etwas tun, irgend etwas. Der Preuße saß da und starrte vor sich hin. Sprotte spielte mit seinen Ketten. Es mußte bald Mittag sein. Es war zum Verrücktwerden, nichts passierte. Die jungen Hunde waren auf einer neben dem Papierkorb ausgebreiteten Lederjacke eingeschlafen. Der Kleine gähnte. So ein Tag konnte lang sein. Eine Taube hatte sich auf den Rand des Papierkorbs gesetzt. Ihre rechte Kralle war verkrüppelt. Ihr graues Gefieder glich dem Fell von Ratte. Sie hatte den Kopf schräg gelegt und schaute Alex an. Spreizte einen Flügel ab und legte ihn wieder zurück, rückte ihn immer wieder zurecht. Sie sprang vom Papierkorb, humpelte ein Stück nach vorn, dann wieder zurück. Sie trat von einer Kralle auf die andere, tänzelte auf der Stelle. Wenn sie auf der verkrüppelten Kralle stand, drohte sie umzukippen, breitete aber immer wieder rechtzeitig einen Flügel aus. Sie stieß ihren Schnabel ruckartig nach vorn, legte den Kopf zur Seite. Sie schien aufgeregt. Plötzlich machte der Kleine einen schnellen Schritt auf sie zu und trat energisch mit dem Fuß aufs Pflaster. Die Taube flatterte auf, ließ sich aber ein Stück weiter sogleich wieder nieder. Sie rutschte auf den glatten Granitplatten aus. Schaute wieder zu Alex, ruhelos. Die haben Flöhe, sagte der Kleine. Elende Mistviecher. Laß sie doch, wollte Alex sagen, aber er schwieg. Wie war denn das nun mit deiner Mutter, wollte der Preuße wissen, er kratzte mit einem Kronkorken den Dreck aus einer Fuge zwischen den Gehwegplatten. Alex zögerte. Er tat, als überlege er. Was eigentlich? Was soll schon gewesen sein, der übliche Streß eben. Ich frag ja nur, murmelte der Preuße und starrte wieder auf den Fußweg. Seine Finger spielten mit dem silbernen Totenkopf. Laß ihn doch in Ruhe, mischte sich Sprotte ein. Er drehte sich eine Zigarette, zupfte den Tabak über dem Papier auseinander und verteilte ihn gleichmäßig, ließ den Rand des Papiers in aller Ruhe über die Zunge gleiten, rollte die Zigarette immer wieder sorgsam zwischen seinen Fingern und klopfte sie dann mehrmals mit der Öffnung gegen die verbeulte Tabakdose. Alex sah ihm zu. Diese Gelassenheit war unerträglich. Am liebsten hätte er ihm die Zigarette aus der Hand geschlagen. Ich habe doch gar nichts gesagt, sagte der Preuße. Alex konnte sich noch immer keine Zigaretten drehen, er hatte es noch nie versucht. Es dauerte ihm einfach zu lange. Wenn er rauchen wollte, mußte es schnell gehen. Das Rauchen widerte ihn an, das flaue Gefühl im Magen, das Brennen in der Brust, aber je mehr er sich vor dem Rauchen ekelte, desto schneller mußte es gehen, desto nervöser fingerte er in der Schachtel. Nach dem Rauchen mußte er wieder trinken. Er hatte keine Lust, mit den anderen über seine Mutter zu reden. Was ging denn die anderen seine Mutter an. Er wollte ja nicht einmal selbst an sie denken. Es war ganz egal, ob seine Mutter wirklich tot war, für ihn war sie längst gestorben. Seit dem Tag, da sie mit dem neuen Geld nach Hause gekommen war, so fröhlich und ausgelassen, wie Alex sie noch nie erlebt hatte. Sie hatte voller Übermut und entgegen ihrer Gewohnheit eine Flasche Sekt geöffnet, sogar den neuen Hundertmarkschein hatte sie geküßt wie eine Ikone. Seit diesem Tag hatte Alex keine Mutter mehr. Ob sie ihn rausgeschmissen hatte oder er abgehauen war, es war egal. In der Glastür gespiegelt sah er jetzt sein Gesicht. Mit einer Zigarette im Mundwinkel konnte man noch immer Eindruck auf sich machen. Der Rauch brannte ihm in den Augen. Es war nicht zu leugnen, er hatte die Augen der Mutter. Er schaute in die Augen der Mutter. Erst als die Glastür sich öffnete, fiel sein Blick ins Nichts.

Die Glastür schnappte hinter Michalke zu, er saß in der Falle. Er hatte sie sich selbst gestellt und war hineingetappt. Er konnte jetzt nicht mehr zurück, ohne daß es auffallen würde. Und er hatte keinen Zweifel, daß es auffallen würde. Gleich hinter der Tür versuchte jemand, ihm ein Abo für eine Zeitung aufzuschwatzen. Drei Wochen kostenloses Probeabo, sagte der junge Mann, offenbar auch ein Student, und hielt lustlos die Zeitung hoch. Natürlich völlig unverbindlich, jederzeit kündbar. Drei Wochen kostenlos, kein schlechtes Angebot, dachte Michalke, er hatte schon lange erwogen, gerade diese Zeitung tatsächlich zu abonnieren, trotzdem schüttelte er den Kopf und ging schnell weiter. Es wäre ihm nie eingefallen, auf dieses Angebot wirklich einzugehen, hätte es doch so ausgesehen, als wäre er auf diese dreiste, leicht zu durchschauende Werbeaktion hereingefallen. Diese Zeitungsfritzen rechneten doch bloß damit, daß man vergaß, das Abo rechtzeitig wieder zu kündigen, die rieben sich doch jetzt schon die Hände; diesen Triumph würde er ihnen nicht verschaffen, keiner sollte ihn so einfach täuschen können. Viel zu oft hatte er sich schon getäuscht, sich vor allem in sich selbst getäuscht, und es hatte immer lange gedauert, bis er sich einen Irrtum eingestanden hatte. Die Geschichte mit Sabine zum Beispiel, im ersten Studienjahr, Sabine hatte ihm sofort gefallen. Vielleicht war es ihr Haar, ihre Augen, die Art, wie sie sich bewegte. Vielleicht war es nur seine Einsamkeit. Sie war sein Typ, hatte er sich gesagt, obwohl er sich vorher nie Gedanken darüber gemacht hatte, was das denn eigentlich sei, sein Typ. Auch heute wußte er kaum, was ihn damals zu Sabine hingezogen hatte. Drei Wochen lang jedenfalls hatte er sie bedrängt, die große Liebe, wie er damals glaubte, eine Liebe, die ohne Worte auszukommen schien. Zwei Monate hatte diese Liebe zwischen ihnen gedauert, und dann war noch einmal über ein Jahr vergangen, bis sie sich wieder getrennt hatten. Sabine hatte ihn schließlich verlassen. Es war ein Jahr, in dem sie ihm gleichgültig war, in dem er wegwollte und doch immer näherrückte, in dem er sie manchmal gehaßt hatte und sich dafür schämte, sich immer wieder einredete, sie noch immer zu lieben. Es hatte ihm der Mut zur Wahrheit gefehlt, ihre Zweifel an der Beziehung hatten ihn gekränkt, er hatte diese Zweifel auf sich bezogen, hatte versucht, sie wortreich zu zerstreuen, in langen Monologen, in denen von ihr die Rede war, die aber doch nur seinen Selbstzweifeln galten. Sie seien doch wie füreinander gemacht, hatte er behauptet. Er machte all die Beteuerungen, die er irgendwann einmal gelesen oder in Filmen gehört hatte. Er hätte Sabine nie verlassen und war doch erleichtert, als sie ihn verließ. Er hatte sie dazu getrieben, langsam, aber beharrlich, ein Jahr lang, dann endlich konnte er den Verlassenen mimen und seine Wunden lecken. Dann endlich konnte er zufrieden sein und die Schlechtigkeit der Welt beklagen.

Oder dieses Studium. Warum denn ausgerechnet Sozialarbeiter? Wenn ihn jemand fragte, rettete er sich in

Floskeln, mit denen noch immer Eindruck zu schinden war. Die Ungerechtigkeit in der Welt, das soziale Gewissen, Sprachrohr der Sprachlosen, all die hehren, oft gehörten Sprüche. Dabei kannte er die wirkliche Antwort viel zu gut. Die wirkliche Antwort war, daß es keine wirkliche Antwort gab. Von den Möglichkeiten, die eigene Leere, die eigene Orientierungslosigkeit und Schwäche unter dem Deckmäntelchen hehrer Ansprüche zu verstecken, war solch ein Studium nicht die schlechteste, die Leere aber blieb. Und viele hatten es vor ihm und mit ihm getan, Sozialarbeiter, das galt lange Zeit sogar als chic. Die Welt war nicht zu verändern, also wollte man wenigstens dem einzelnen helfen, wenigstens sich selbst. Viele hatten freilich nicht lange durchgehalten, sie hatten tagsüber studiert und abends gekellnert, und irgendwann hatten sie dann nur noch gekellnert. Und von denen, die durchgehalten hatten, waren die wenigsten nach dem Abschluß dabeigeblieben. Manche lebten heute wie ihre eigenen potentiellen Klienten, andere schwenkten das Fähnchen der Nächstenliebe noch immer und werkelten derweil geschickt an ihrem eigenen Vorteil, waren Sozialarbeiter in eigener Sache geworden. Manchmal kam ihm die ganze Sozialarbeit wie jene gute Verwaltung vor, von der es heißt, sie beschäftige sich unentwegt selbst. Und die Aufrechten und Ehrlichen waren letztlich auch hier die Dummen. Michalke hatte eine ganze Weile gebraucht, bis er begriffen hatte, daß er in Wirklichkeit weniger an der Welt litt als an sich selbst. Nun merkte er es täglich neu, und es schmerzte immer wieder. Aber er konnte nicht mehr zurück, konnte nicht raus aus seiner Haut. Er stand im Eingangsbereich des Supermarktes, neben der Tür quoll der Papierkorb über, zerknüllte Werbezettel, Plastiktüten, Blechbüchsen, Zigarettenkippen, der ganze Supermarkt stand in seinem eigenen Erbrochenen. Und Michalke jagte diesem Herrn Nämlich hinterher, einem Phantom, einem pathologischen Fall, an dem er nur sein eigenes Scheitern studieren wollte.

Er war sich nicht einmal mehr sicher, ob Nämlich überhaupt eine Uniform getragen hatte. Bisher war er sich sicher gewesen, jetzt wußte er es nicht mehr. Er hatte ja nur sein Gesicht gesehen, diesen Kälberblick, diese Trinkermaske. Und die Haare? Der Gang? Er konnte sich nicht erinnern. Dafür hatte er seine Stimme gehört. Obwohl es völlig unmöglich war, war er sich jetzt sicher, Nämlichs Stimme gehört zu haben. Eine dunkle, wenn auch sehr leise Stimme. Er versuchte sich an die Worte zu erinnern, aber ihm fielen nur seine eigenen Selbstgespräche ein. Mit sich selber konnte man immer noch am besten reden, dachte er. Die meisten Gespräche sind ein einziges Mißverständnis. Auch diese Begegnung heute morgen konnte ein einziges Mißverständnis gewesen sein. Vielleicht war ja auf seine Bücher doch mehr Verlaß, auf die sogenannten gesicherten Erkenntnisse der Wissenschaft. Er würde jetzt einfach nach Hause gehen und an seiner Diplomarbeit weiterschreiben, er würde sich am Gleichmaß des rieselnden Sandes in der Uhr erfreuen und diesen Herrn Nämlich vergessen. Aber vorher sollte ich mir noch etwas Gutes tun, dachte Michalke und steuerte seinen Einkaufswagen in Richtung des Weinregals.

»Tu dir was Gutes – gönn's dir« stand in goldener, kunstvoll geschwungener Schrift auf den kleinen bunten Pakkungen, die Sabine Schwarzer zu einer Pyramide stapelte. Immer wieder »Tu dir was Gutes«, immer wieder »gönn's dir«, ein höhnischer Chor von Pappschachteln, ein dutzendfaches Echo. Vorsichtig, mit zitternden Fingern stellte sie die letzte Schachtel auf die Spitze der Pyramide und trat einen Schritt zurück, um das Bauwerk zu begutachten. Sie war zufrieden, obwohl es nur irgend so ein Schmelzkäse war, von dem sie keinen Bissen herunterbringen würde. Ihr Mann konnte das Zeug massenweise in sich hineinstopfen, notfalls sogar ohne Brot, es war einfach ekelhaft. Sie gönnte es ihm, aber es regte sie auf, es gibt Dinge, an die man sich nie gewöhnt. Es war merkwürdig, sie ertrug es, wenn er sie demütigte, sie hatte sich daran gewöhnt, daß sie seit Jahren nur noch nebeneinander herlebten, sie hatte sich mit vielem abgefunden und ihm das meiste sogar verziehen, aber wenn er diesen Schmelzkäse aß, selbstvergessen, mit langsamen zähen Bewegungen seines Unterkiefers und begleitet von einem saugenden, schmatzenden Geräusch, dann hätte sie ihm am liebsten ins Gesicht schlagen wollen. Es widerte sie an, wie er diesen Käse aß, wie er ihn in sich hineinstopfte, und wenn sie je den Mut aufbringen sollte, ihm die Wahrheit über sich und ihr Zusammenleben mit ihm zu sagen, dann würde es in solch einem Augenblick sein. In sein Schmatzen hinein würde sie es ihm sagen, in sein Gesicht mit der merkwürdig vorgestülpten Oberlippe und den verklebten Zähnen würde sie schreien, daß sie es nicht mehr aushalte und nun endlich Schluß sei, daß sie das alles schon viel zu lange ertragen habe und ... Oder sie würde einfach schweigend in die Küche gehen und das Geschirr abspülen. In die Küche, wo über der neuen Edelstahlspüle das kleine Holzbrett hing, das schon über dem gußeisernen Ausguß in der Küche ihrer Mutter gehangen hatte. »Arbeit ist der beste Trost« stand, mit einem Brenneisen aufgebracht und von einer Blumengirlande umrankt, auf dem kleinen Holzbrett über ihrer Spüle. Ihr ganzes Leben schon hatte sie täglich diesen Spruch vor Augen, er hatte sich langsam, aber stetig in ihr Hirn eingebrannt. Sie brauchte ihn nicht mehr vor Augen zu haben, er war längst Teil ihres Lebens geworden. Auch ihre Mutter hatte nach diesem Spruch gelebt. Immer hatte sie von den schweren Zeiten erzählt, denen immer wieder schwere Zeiten gefolgt waren. Nachkriegsgeneration, hatte ihre Mutter immer wieder gesagt, es hatte wohl einen unverschuldeten Makel beschreiben sollen, aber sie hatte es immer so gesagt, als sei es ein Verdienst. Und nach dem Nachkrieg war es die Wirtschaftskrise, nach der Wirtschaftskrise ein neuer Krieg, nach dem neuen Krieg der schwere Wiederaufbau. Was hätte nicht alles werden können aus diesem Leben, und was war schließlich daraus geworden. Die Umstände, immer wieder die Umstände. Sabine Schwarzer dachte an die Hände ihrer Mutter, diese fleischigen roten Hände, überzogen von einem feinen Netz schwarzer Risse und Furchen, gegen das jede Bürste und jedes Scheuermittel machtlos gewesen waren. Manchmal fiel es ihr schwer, sich das Gesicht ihrer Mutter vorzustellen, diese rissigen, rauhen Hände aber hatte sie immer vor Augen. Es war das gleiche feine Netz, das damals auf dem Grund des Ausgußbeckens gelegen hatte. Es waren die gleichen Hände, mit denen der junge Mann nach den Käsewürfeln gegriffen hatte.

Sabine Schwarzer schrieb den Preis der Packungen mit einem dicken schwarzen Filzstift auf einen leuchtend gelben Karton und lehnte ihn gegen den Fuß der Pyramide, behutsam, aber der Gedanke, jemand könne, wenn auch nicht mit Absicht, so doch durch eine Unachtsamkeit das ganze lächerliche Schmelzkäsebauwerk zum Einsturz bringen, amüsierte sie. Sie spürte, wie sich ihr Gesicht abermals zu einem Lächeln verzog, doch auf einmal hatte sie wieder dieses Würgen im Hals. Überall sah sie diesen zähen, blaßgelben Schmelzkäse, ihr Magen krampfte sich zusammen, sie hielt sich die Hand vor den Mund und rannte in Richtung der Toilette. Die große Uhr im Umkleideraum zeigte viertel zwölf.

Grundmann schaute auf seine Armbanduhr. Der große Zeiger stand kurz vor den Panzern, der kleine kreuzte das Kriegsschiff: viertel zwölf. Die Uhr war ein Abschiedsgeschenk, das Zifferblatt trug die Symbole der verschiedenen Waffengattungen. Früher wäre so eine Uhr unbezahlbar gewesen, eine streng limitierte Auflage, überreicht für besondere Verdienste. Aber sicher hätten sich damals auch gar keine Käufer gefunden. Dann, als die besonderen Verdienste nichts mehr zählten, hatte man solche Uhren Leuten wie Grundmann hinterhergeworfen. Ein Trostpflaster, das längst keinen Trost mehr brachte. Etwas für die unterste Schublade, etwas für die einsamen Stunden seniler Männer, die mit zitternden Fingern immer wieder beflissen ihr Leben sortierten und es zu einem Heldenleben machten. Ehrendolch, Erinnerungsfotos vor der entfalteten Truppenfahne, Regimentswimpel, Schützenschnur, all der Kram, der auch Grundmann in die Hände fiel, wenn er mal wieder die unterste Schublade ausmisten wollte. All die Insignien, die er dann eine Weile zwischen den Fingern hielt, die er eigentlich schon beim letzten Mal hatte endlich wegwerfen wollen und doch auch dieses Mal wieder voller Rührung zurück in die Schublade legte, ohne sagen zu können, warum. Plunder, der heute auf jedem Trödelmarkt für ein paar Cents zu haben war. Viel zu viele Schubladen, die in den letzten Jahren ausgeräumt worden waren. Viel zu viele Händler, die die Beute viel zu spät errungener Siege feilboten. Vielleicht in zehn, in zwanzig Jahren würden das alles Kuriositäten sein, Sammlerstücke sogar, für die eine neue Generation von Militariafans die Geldbörsen öffnen würde, aber das würde er nicht mehr erleben. Doch warum eigentlich nicht, die Leute liefen ja jetzt schon gegen Kasernenschließungen Sturm. Diese ehemaligen, verspäteten Montagsmarschierer, die jetzt als Zivilbeschäftigte in den Streik traten und über die strukturschwachen Regionen jammerten, von Arbeitsplätzen faselten, die Armee als Dienstleistungsunternehmen, da konnten einem glatt die Tränen kommen. Die Jungen witterten schon wieder Karrierechancen unter der Fahne des Vaterlandes. Alles nur Ausreden, dachte Grundmann bitter, keiner hatte sich gerührt, als er damals auf die Straße geflogen war, keiner; gefreut hatten sie sich, sich schadenfroh die Hände gerieben, diese elenden Heuchler! Grundmann trug seine Uhr, nicht aus Stolz, vielleicht ein wenig aus Trotz, aber es war schließlich eine Uhr, dazu war sie da, ganz einfach, Panzer oder Mickymäuse, Kriegsschiffe oder Frauenkirchentrümmer, Hauptsache die Zeit stimmte.

Er hatte die Flasche gerade wieder in das Handtuch gewickelt und das Bündel zurück in den Spind gelegt, als er hörte, wie sich die Tür öffnete. Er blickte sich erschrokken um, es war Frau Schwarzer. Sie schien ihn noch nicht gesehen zu haben, er drehte ihr den Rücken zu und versuchte sich hinter der geöffneten Schranktür zu verstecken, wühlte, während der Atem sein Spiegelbild beschlug, in den Taschen der im Spind aufgehängten Jacke, als suche er etwas. Die Hustenbonbons, dachte er, irgendwo mußte die Schachtel mit den Hustenbonbons sein. Er hatte immer eine Schachtel dabei, die Bonbons halfen ihm über die lange Zeit bis zum nächsten Schluck, sie nahmen seinem Atem den Schnapsgeruch. Frau Schwarzer hatte es offenbar eilig, er hörte ihre schnellen Schritte, laut fiel die Toilettentür hinter ihr ins Schloß. Jetzt wäre eine gute Gelegenheit, vielleicht sollte er hier auf sie warten. Na so ein Zufall, würde er sagen und ihr eines von seinen Hustenbonbons anbieten. Frau Schwarzer, würde er sagen, ich wollte Sie ja schon lange mal, und hätten Sie nicht mal Lust, mit mir nach Feierabend auf einen Kaffee ... Im Kopf war alles ganz einfach, im Kopf hatte er alles schon dutzendfach geprobt. Aber jetzt? Und hier vor der Toilette war vielleicht doch nicht der rechte Ort. Er konnte einer Frau wie Frau Schwarzer doch nicht vor der Toilettentür auflauern, ganz sicher würde es ihr peinlich sein. Außerdem wäre es ohnehin besser, wenn sie ihn hier gar nicht erst sehen würde, hier vor dem Spind mit der Flasche, vielleicht wußte sie ja auch darüber Bescheid. Schnell schloß Grundmann die Schranktür ab und ging zurück in die Halle. Vor der Käsetheke stand schon wieder der Chef, er blickte sich um. Suchte er ihn?

Grundmann mußte sich verstecken, er spähte nach einer Deckung und fand sie schließlich hinter dem Regal mit dem Hundefutter.

Es kam nicht oft vor, daß jemand eine Münze in die Dose warf. Ab und zu, besonders seit sie die jungen Hunde dabei hatten, schenkte ihnen jemand eine Büchse Hundefutter. Den Leuten war es wichtig, daß ihre Spenden zweckdienlich verwendet wurden. Die armen Hunde, mochten sie denken, konnten ja schließlich nichts dafür. Arschgeigen, schimpfte der Kleine dann jedesmal. Alex war es egal. Wichtiger war, daß Lou heute kommen würde. Es war überhaupt das Wichtigste, daß Lou kam. Wenn, dann würde Lou am Nachmittag kommen, gleich nach der Schule. Sie kam meist mit zwei, drei ihrer Schulfreundinnen, albernen Gänsen, die viel zu laut schnatterten und über alles angestrengt lachten. Die es toll fanden, mit ihnen rumzuhängen. Ein bißchen verkleidet, ein bißchen Farbe im Haar, Freizeitpunks, die zu Hause wie ihre Mütter lebten und meist damit beschäftigt waren, allen zu zeigen, daß sie dazugehörten. Groupies der Delinquenz, und hätten sich selbst natürlich nie getraut. Wollten gern besonders cool sein und wußten nicht, wie man das anstellt. Hatten nur immer die Flüche und Schimpfwörter vom letzten Sommer drauf. Sie setzten die Flasche an, ohne zu trinken. Sie kannten die Angst zuwenig, um ordentlich trinken zu können. Pafften ungeschickt ihre Zigaretten und schielten ständig nach den Passanten. Oder rannten durch die Glastür, versteckten sich kichernd hintereinander, immer darauf bedacht, gerade dadurch entdeckt zu werden. Aber was, wenn tatsächlich doch mal die eigenen Eltern auftauchten? Und wie spät war's denn eigentlich? Mußten ja auch bald nach Hause, zurück ins wirkliche Leben.

Lou war ganz anders. Eines Tages war sie aufgetaucht. Ich bin Lou, und das da ist Alex, hatte sie gesagt und auf die weiße Ratte gezeigt, die auf ihrer Schulter saß. Ich auch, hatte Alex erwidert, und alle hatten gelacht. Seitdem nannte Alex seinen Hund Ratte. Mit Lou konnte man reden. Mit ihr hätte Alex sogar über seine Mutter reden können. Oder über seinen Vater. Darüber, daß er mit seiner Mutter für ein Wochenende zu deren Eltern gefahren war und der Vater weg war, als sie zurückkehrten. Der Vater hat uns verlassen, hatte die Mutter gesagt, und Alex hatte ihn dafür gehaßt. Erst Jahre später hatte er erfahren, daß sie es war, die dem Vater jeden Umgang mit seinem Sohn verboten hatte, vor Gericht hatte sie erstritten, daß Alex keinen Vater mehr hatte. Alex hatte seinen Vater geliebt. Er mochte Lou, das Wort Liebe verbot er sich zu denken. Er kannte nicht einmal ihren richtigen Namen, aber wenn sie da war, war alles leichter zu ertragen. Sie brauchte ihn gar nicht anzusehen. Sie setzte sich einfach neben ihn, zog die Füße ganz dicht an sich heran, umschlang mit den Armen die Knie. Sie konnte stundenlang so dasitzen. Er hätte sie stundenlang so dasitzen sehen können. Manchmal berührten sich ihre Knie. Die Ratte balancierte bis an den Rand von Lous Schulter, streckte ihre kleine, vor Neugier und Aufregung zitternde Schnauze immer wieder in seine Richtung, wagte aber nie, zu ihm herüberzuspringen. Einmal kam der Kleine, packte das Tier im Genick und versuchte es auf seine Schulter zu setzen. Alex hätte das nie gewagt. Nicht wegen der Ratte, wegen Lou. Lou sprach von Dingen, die ihn eigentlich nichts angingen, die ihn nicht betrafen. Von der Schule, von Büchern, die sie gelesen hatte, von einem Streit mit irgendeiner Freundin. Trotzdem hörte er zu, war begierig nach jedem ihrer Worte. Sie sprach leise und mit einer ernsten, dunklen Stimme. Wenn sie da war, verging die Zeit viel zu schnell. Oft schien es, als spreche sie nur mit sich selbst. Manchmal aber fragte sie ihn nach seiner Meinung. Er war unsicher, wollte nichts Falsches sagen, was konnte er ihr denn schon raten. Dann aber hörte er sich Dinge sagen, an die er zuvor noch nie gedacht hatte, die ihm erst in dem Moment, da er sie aussprach, bewußt wurden. Er war erstaunt, wie mühelos sie plötzlich über seine Lippen kamen. Und dabei starrte er immer wieder auf ihr Haar, auf ihre schmalen, bleichen Hände. Er war stolz, wenn sie nickte, dann wellte sich ihr Haar, und er hätte es berühren wollen. Wenn er so neben ihr saß, spürte er eine Ruhe und Gelassenheit, die er sonst nicht kannte. Und gleichzeitig die ängstliche Gewißheit, daß bald alles vorbei sein würde. In einigen Stunden, wenn sie nach Hause ging und er zu seiner Bude im stillgelegten Bauhof. Seit Monaten hauste er in diesem alten Bauwagen zwischen Brennesseln, rostigen Eisenteilen und feucht gewordenen Zementsäcken. Seiner Mutter hatte er damals gesagt, er ziehe zu Freunden, eine Wohngemeinschaft, sie brauche sich keine Sorgen zu machen. Er wußte nicht, ob sie sich Sorgen machte, sie schien ihm zu glauben und hatte nicht einmal nach seiner Adresse gefragt. Er besaß keine Adresse, auf einem Schild über der Tür stand Sherwood Forest. Ich melde mich, hatte er damals gesagt und sich natürlich nie gemeldet. Sprotte hatte ihn einmal gefragt, ob er nicht zu ihnen ziehen wolle, in das Abrißhaus an den Bahngleisen, wo die anderen ihre Nächte verbrachten. Alex hatte abgelehnt, er sei ganz gern allein, hatte er gesagt. Es war keine Lüge, aber auch nur die halbe Wahrheit. Seit er Lou kannte, war er erst recht froh, daß er nicht zu den anderen gezogen war. Lou hätte ihn dort sicher nie besucht. Sie hatte ihn freilich auch jetzt noch nie besucht. Wie spät ist es eigentlich, fragte er. Sprotte zuckte die Schultern. Gleich Mittag, sagte der Preuße, und die Flasche ist auch schon wieder leer.

Michalke schob seinen leeren Einkaufswagen widerwillig durch die Gänge. Eine Flasche Wein und dann nichts wie weg. Herr Nämlich war auch hier nicht zu sehen, Michalke hielt es für möglich, daß er sich abermals getäuscht hatte. Der Mann konnte doch schließlich wer weiß was machen. Er konnte heute morgen auf dem Heimweg gewesen sein, vielleicht von der Nachtschicht in der Pförtnerloge irgendeines dieser neuen, seit Jahren leerstehenden Bürohäuser am Stadtrand, in denen Frührentner das letzte Licht bewachten wie einen Funken Hoffnung. Nämlich war Statist in einem endlosen Spiel, dessen Regeln er nicht beherrschte und dessen Hauptdarsteller ihm gleichgültig waren, die er sogar verachtete, so wie Michalke selbst nichts anderes war als Komparse in einem fortwährenden Trauerspiel. »Dein Ensemble braucht dich, wie der Kopf die Narrheit braucht. Du bist der Narr in deinem Ensemble«, hatte Michalke in jenem Buch über Nämlich gelesen. Er wollte ihn vergessen und dachte unentwegt an ihn. Oft kam er sich selbst wie ein

Narr vor, einer, der nicht auf die Beine kam, der gebannt auf das gleichmäßige Rieseln des Sandes im Glaszylinder starrte, während sich um ihn herum alles in einem atemberaubenden Tempo beschleunigte und vorwärtstrieb. Dann wieder sagte er sich, daß er sich diese Langsamkeit eben leiste, diese Nachdenklichkeit, daß es ein Luxus sei und die wirklichen Narren die anderen waren mit ihrem aberwitzigen Lauf im Hamsterrad.

Vielleicht hat dieser Herr Nämlich alles durchschaut, spielt seine Rolle des Ahnungslosen sogar mit Leidenschaft, vielleicht ist es die Rolle seines Lebens, seine Paraderolle. Daß Michalke es sich nur schwer vorstellen konnte, besagte ja nicht, daß es unmöglich war. Aber eigentlich konnte sich Michalke ja alles vorstellen. Immer wieder hatte er in letzter Zeit, wenn er mit seiner Diplomarbeit nicht vorangekommen war, also fast täglich, irgendwann den Fernseher angeschaltet. Am frühen Nachmittag schon, manchmal schon am Mittag, aus purer Verzweiflung hatte er das Rieseln des Sandes gegen das monotone Plätschern der Stimmen vertauscht. Es lenkt mich ab, hatte er sich immer wieder gesagt, es macht meinen Kopf frei. Aber in Wahrheit faszinierte es ihn, es nahm ihn gefangen, er sog es auf, sein Kopf war voll damit. Ganz gleich, ob jemand seinen Schwiegervater haßte oder ein Verhältnis mit der Schwägerin hatte, ob jemand die Form seiner Nase verabscheute oder behaarte Frauenbeine liebte, egal was für Banalitäten und Abartigkeiten in diesen Nachmittagstalkshows verhandelt wurden, es war, dachte Michalke, letztendlich das Leben. Und es gab ja die absurdesten Dinge. Schon oft hatte die Realität seine Phantasie in den Schatten gestellt. An so einem

Nachmittag vor dem Fernseher konnte er mehr über die Menschen lernen als an einem ganzen Tag in der Bibliothek der sozialwissenschaftlichen Fakultät. Seit er damit begonnen hatte, ging er mit ganz anderen Augen durch die Straßen. Er glaubte nur noch Masken zu sehen, verzweifelte Anstrengungen, irgendwie den Anschein von Normalität zu erwecken. Er sah sich ständig umgeben von unterdrückten Perversitäten und mühsam überspielten Manien. Jeder hatte schließlich seine Leiche im Keller, man mußte nur danach suchen. Und Michalke suchte, suchte auch jetzt, während er seinen Einkaufswagen durch den Supermarkt in Richtung der Weinabteilung schob. Vor dem Zeitschriftenregal stand ein Mann, der scheinbar interessiert in einer Computerzeitschrift blätterte, während seine Augen unentwegt nach den riesigen Titten auf den Titelseiten der sogenannten Männermagazine schielten. Er schwitzte, sein Pullover war am Rücken hochgerutscht, der Gürtel ließ eine der Schlaufen aus und schnürte die fetten Lenden ab, darunter hing der Zipfel eines weißen Unterhemds hervor. Eine Frau packte Unmengen von Magerquark in ihren Wagen, murmelte dabei immerzu eine Art Beschwörung vor sich hin, wahrscheinlich träumte sie gerade von einer Schlemmerorgie. Aber das waren nur die harmlosen Fälle, die mit den schon beinahe liebenswerten Macken. Dazwischen aber tummelten sich die Platonisch-Pädophilen, die potentiellen Giftmörder, die verhinderten oder heimlichen Diktatoren, die Möchtegern-Bombenleger. Irgendwas mußte man ja schließlich anfangen mit den Mitmenschen, irgendwie mußte man sich ihnen nähern, als Liebhaber oder als Mörder. Überall Talkshowfutter, dachte Michalke, man mußte sie nur machen lassen, dann war fast die ganze Menschheit irgendwann delinquent, und der übriggebliebene Rest verfaßte darüber Diplomarbeiten.

Kein Zweifel, auch dieser Herr Nämlich mußte einige Leichen im Keller haben. Aber diese aufgedunsenen Säufergesichter gaben doch selbst dem Brutalsten noch einen Zug von debiler Gutmütigkeit, noch der diabolischste Blick blieb verborgen hinter diesem feuchten Glänzen in den traurigen Kälberaugen. Möglicherweise mußte man vor Nämlich Angst haben, man konnte nie wissen, dachte Michalke, so ein einsamer grauer Wolf, da war Vorsicht geboten. Vielleicht sollte man lieber einen Bogen um ihn machen und keine schlafenden Hunde wekken. Er konnte einem ja in ein paar Tagen von irgendeiner Titelseite als überführter Schwerverbrecher anglotzen, als Lustmörder, dieser scheinheilige Herr Nämlich, dessen Uniform in Wirklichkeit womöglich nichts anderes als eine besonders perfide Verkleidung war.

Aus einer Seitentür kam plötzlich eine Verkäuferin gestürzt und stieß gegen Michalkes Einkaufswagen. Sie war blaß, wirkte verstört und versuchte hektisch, ein zusammengeknülltes, feuchtes Taschentuch in ihren Kittel zu stopfen. Ein älteres Fräulein in Weiß, na bitte, Michalke grinste, die hatte also auch etwas zu verbergen, man brauchte gar nicht lange zu suchen. Er gefiel sich in der Rolle des Zynikers, stellte sich genüßlich vor, was da eben passiert sein könnte, welche Abgründe sich hinter dieser unscheinbaren Seitentür auftaten. Wo war er denn jetzt, dieser arglose Herr Nämlich? So ein geiler Bock, war vielleicht gerade in irgendeiner finsteren Ecke des Lagers über diese wehrlose Verkäuferin hergefallen und saß jetzt befriedigt und erleichtert zwischen den leeren Getränkekisten.

Sabine Schwarzer fühlte sich erleichtert, aber leer, unsagbar leer. Sie beeilte sich zurückzukommen, zögerte an der Tür noch einmal, versuchte, die Hand schon auf der Klinke, sich zu beruhigen. Es ist vorbei, dachte sie, man kann mir nichts mehr ansehen. Dann stürzte sie entschlossen in die Halle und stieß dabei gegen einen Einkaufswagen. Die dünnen Metallstäbe vibrierten, das Geräusch ließ sie frösteln. Überall Gitterstäbe, dachte sie, nichts als Gitterstäbe. Der junge Mann, der den Wagen schob, grinste sie an, frech und herausfordernd, als wisse er etwas, als habe er etwas gegen sie in der Hand. Ein unsympathischer Typ, einer dieser jungen, selbstsicheren, neunmalklugen Theoretiker, die für alles eine Lösung zu haben glauben, aber was weiß der schon vom Leben. Sie stammelte eine Entschuldigung und ärgerte sich sofort darüber, ihr war, als habe sie sich für ihre Existenz entschuldigt.

An der Käsetheke stand der Chef, offenbar wartete er auf sie. Ausgerechnet jetzt, sie mußte sich zusammenreißen. Vielleicht gehörte es inzwischen zur Ausbildung, daß diese Leute immer im unpassendsten Moment auftauchten, irgendwo mußten sie das schließlich gelernt haben. Frau Schwarzer, Sie wissen doch ..., begann der Chef mit vorwurfsvoller Stimme, als sie noch einige Meter entfernt war. Ja ja, ich weiß, entschuldigen Sie, fiel sie ihm ins Wort. Nur jetzt keine Diskussion, dachte sie, nur jetzt keine von diesen Schmelzkäsediskussionen. Nicht schlecht, sagte der Chef mit plötzlich veränderter Stimme und wies auf die Pyramide, noch ein paar Fähnchen, und fertig ist der Eiffelturm. Sie lächelte verlegen. Sie spürte, daß er sie mit seiner schleimigen Freundlichkeit wieder einwickeln würde. Ich hatte eher an Babel gedacht, hörte sie sich sagen. Er schaute sie eine Weile an, wie man jemanden anschaut, den man unterschätzt hat. Ich werd nicht schlau aus euch Ossis, sagte er schließlich, immer dieser Pessimismus, immer diese Skepsis. Babel ist Quark, das hier ist Käse, und Käse ist der Eiffelturm, flaggen Sie, Madame! Er hielt es für einen gelungenen Scherz und lachte. Ganz wie Sie wollen, sagte Sabine Schwarzer, Sie sind der Chef. Jetzt war er verlegen und hörte auf zu lachen. Übrigens, wo ist eigentlich Grundmann? fragte er, wartete aber die Antwort nicht ab und ging eilig davon. Sabine Schwarzer hatte Grundmann vor wenigen Minuten vor seinem Spind stehen sehen, auch so einer, der immer im ungünstigsten Moment auftauchte. Hatte auch er sie bemerkt? Sie war sich nicht sicher, immerhin schien er genauso erschrocken gewesen zu sein wie sie, verstört hatte er in den Taschen seiner Jacke gewühlt. Möglich, daß er sie unter anderen Umständen angesprochen hätte, aber sie hatten beide schon viele Gelegenheiten ungenutzt verstreichen lassen. Vielleicht gab es ja für ihre Begegnung gar keinen günstigen Moment. Es war das erste Mal, daß sie an ihr Zusammensein dachte. Sie und Grundmann, das war ein verbotener Gedanke, ebenso reizvoll wie verwirrend. Reizvoll vielleicht nur, solange es bloß eine Möglichkeit blieb. Verwirrend in jeder Hinsicht. Ihr Mann, die gemeinsame Wohnung, die alten Rituale, ein halbes Leben, das alles gab man nicht so einfach auf. Verwirrend auch, weil sie in diesem Moment den Gedanken, mit Grundmann das Bett zu teilen, angenehmer fand, als jeden Morgen neben ihm in der Straßenbahn zu sitzen und mit ihm reden zu müssen.

Eine Frau war an den Stand getreten und stand schweigend davor. Sie wünschen? fragte Sabine Schwarzer, wieder ganz um Normalität bemüht. Die Frau wünschte nichts. Rinderwahnsinn, Maul- und Klauenseuche, man weiß ja gar nicht mehr, was man noch essen kann, sagte sie und blickte sich ratlos um. Sabine Schwarzer wußte es auch nicht. Schmelzkäse, wollte sie schon sagen, fressen Sie doch einfach diesen Schmelzkäse, zog es aber dann doch vor zu schweigen. Die Frau konnte sich nicht entscheiden. Was ist mit dem französischen Ziegenkäse, wollte sie wissen. Ich liebe französischen Ziegenkäse, sagte Sabine Schwarzer, während ihr Blick nach Grundmann suchte.

Grundmann stand noch immer vor dem Regal mit dem Hunde- und Katzenfutter. Vor dem Regal war hinter dem Regal, der Chef konnte lange suchen. Gleich nach der Wein- und Schnapsabteilung gab es hier die größte Auswahl, unglaublich, was die Viecher alles zu fressen kriegen, dachte Grundmann. Wenn mal wieder schlechte Zeiten kommen sollten, wären es wohl diese verwöhnten Vierbeiner, die noch vor ihren Herrchen auf der Strecke bleiben würden. Für ihn waren es jetzt schon schlechte Zeiten, aber diese Schoßhunde und die Katzen, die einem anbiedernd und mit erhobenem Schwanz um die Waden schlichen, lebten wie im Schlaraffenland. Vielleicht nicht ganz, immerhin war erst vor kurzem für einige Gebiete der Stadt ein Leinenzwang für Hunde erlassen worden. Die Punks draußen vor der Tür interessierte das natürlich nicht, aber beim Chef, selbst Herr über einen Drahthaardackel mit Stammbaum, war der Aufschrei der Entrüstung größer gewesen, als wenn die Punks in Handschellen abgeführt und zur Zwangsarbeit verpflichtet worden wären. Die Leute liebten ihre Hunde mit einem Fanatismus, der Grundmann angst machte. Trotzdem stand er gern hier, es war ein ruhiger Ort, vor allem ältere Frauen drängelten sich vor dem Regal. Und von denen war nichts zu befürchten, die fühlten sich sicher durch ihn und überlegten lange, was sie ihren Lieblingen denn heute wohl vorsetzen könnten. Die Viecher waren ja wählerisch geworden, irgendwelche Küchenabfälle rührten die erst gar nicht mehr an, feines Ragout vom Truthahn, zartes Kalb in feiner Sauce oder Seelachs mit Forelle mußten es schon sein. Grundmann hatte Hunger, höchste Zeit, mal wieder was zu essen, dachte er. Früher hatte es immer pünktlich was zu essen gegeben, sogar im Feldlager, gerade im Feldlager. Der Küchenbulle hatte sich nicht lumpen lassen, nichts ging über eine Erbsensuppe aus der Gulaschkanone. Junger Mann, können Sie mir sagen, was Shrimps bedeutet? Eine alte Frau war auf ihn zugekommen und zeigte ihm eine Dose Katzenfutter. Ihre schlecht gemachte Perücke war verrutscht und gab einen schmalen Streifen weißer, fast durchsichtiger Kopfhaut frei. Shrimps, las Grundmann und hob bedauernd die Schultern. Was waren das für Zeiten, in denen man nicht einmal mehr bei Katzenfutter ohne Wörterbuch auskam. Irgendwas mit Fisch, sagte er schließlich. Die Frau schaute ihn erstaunt an. Grundmann sah in ihre Katzenaugen. Wissen Sie, sagte die Frau, man kennt sich ja gar nicht mehr aus heutzutage, all das fremdländische Zeug. Aber wenigstens sind Sie ja da und passen auf. Was mein Mann war, der Bruno, müssen Sie wissen, der war im Krieg so eine Art Hausmeister, der hatte auch eine Uniform, immer korrekt, immer wie aus dem Ei gepellt, Gott hab ihn selig, damals hätte es keiner gewagt, die Häuser so zu beschmieren, eine Schande ist das. Nur als dann die Bomben fielen, na ja, aber Sie sind von der alten Schule, das sieht man gleich. Grundmann nickte verlegen. Das wird Ihrer Katze bestimmt schmecken, sagte er. Na wenn Sie das sagen, erwiderte die Frau beruhigt und legte die Dose in ihren Wagen. Man kriegt ja heute keine Sprotten mehr, nicht einmal Sprotten, sage ich Ihnen, wo doch die Miezi so gern Sprotten mag. Aber Sie können ja nichts dafür, Sie bestimmt nicht. Die Alte schlurfte davon, nach einigen Metern blieb sie stehen und versuchte noch einmal, die Dose aus dem Korb zu nehmen. Sie hatte Mühe, mit der Hand auf den Grund des riesigen Korbes zu kommen, schließlich gelang es ihr doch, die Dose herauszufischen, sie las die Aufschrift und schüttelte mit dem Kopf. Grundmann schaute ihr hinterher. Und dann noch fast fünf Mark, hörte er sie sagen und war froh, das vertraute Wort zu hören. Einen Hinterhalt legen, dachte er plötzlich, ich werde heute abend an der Schneise 17 einen Hinterhalt legen und dem Feind so den Nachschub samt Feldküche abschneiden. Dann mit dem vierten Zug von Paula acht einen Vorstoß über die Alte Forststraße, und die sitzen in der Falle. Aushungern mußte man sie! Zug um Zug, es war wie beim Schach. Er hatte alles genau vor Augen, und das würde alles bloß der Anfang sein, das Vorgeplänkel. Wenn er nur erst den Sandkasten haben würde! Ich brauche ganz dringend einen Sandkasten, dachte er, dann würden die wirklich großen Schlachten geschlagen werden, die letzte große Schlacht, die Mutter aller Schlachten. Er sah alles schon ganz genau vor sich.

Von Lou war noch immer nichts zu sehen. Alex wurde unruhig, er erhob sich, lief auf und ab, wollte auf die andere Straßenseite. Von da würde er Lou eher sehen können. Er stieß mit dem Fuß gegen die leere Schnapsflasche. Die Flasche fiel um und rollte über den Fußweg. Sie kippte klirrend auf die Straße. Der Preuße schreckte wie aus einem Traum auf. Er starrte auf die Flasche. Wer ist dran, fragte er. Der Kleine zupfte an seinem Verband und verzerrte das Gesicht. Die Schweine, murmelte er, wenn ich die im Dunkeln erwische! Sprotte spielte noch immer mit seiner Kette. Er hielt sie über das Pflaster und senkte dann langsam die Hand. Glied für Glied legte sich übereinander, bis die Kette ein armseliger Haufen war. Dann zog Sprotte sie hoch und begann von neuem, ohne dabei seinen Blick zu heben. Franz nahm die jungen Hunde auf den Schoß und kraulte ihnen das Fell. Ich geh ja schon, sagte Alex, Augenblick noch. Er ging über die Straße. Ein Auto fuhr vorüber und drückte einen der Kronkorken in den weichen Asphalt. Alex zündete sich eine Zigarette an und warf sie gleich darauf weg. Der wartet bestimmt noch auf Mutti, stichelte der Kleine. Sprotte ließ die Kette fallen und drehte sich eine neue Zigarette. Wenn alle schweigen, wird es gefährlich, dachte der Preuße. Auch ihm fiel nichts Passendes ein. Alex hatte sich alles genau überlegt. In zwei Monaten würde Lou mit der Schule fertig sein. Bis dahin würde er den anderen alten Bauwagen auf dem Hof soweit haben. Lou könnte dann sofort einziehen. Zum letzten Mal, halt die Schnauze, Kleiner, rief Alex über die Straße. Zum Glück würde das alles bald vorbei sein. Wenn Lou erst einmal eingezogen war, konnten sie ihm alle gestohlen bleiben. Aber Lou war noch immer nicht zu sehen. Ich werde sie heute fragen, dachte er. Er hatte sich alles immer wieder genau überlegt, jeden Handgriff, jedes Wort. Der Bauwagen, schließlich ihr Einzug, an die Tür würde er Blumen malen und ihren Namen schreiben. Seinen Namen hatte der Vater damals über die Tür der Bretterbude geschrieben, die er ihm am Fuß der knorrigen Eiche gebaut hatte. Später, hatte der Vater gesagt, später würde er ihm ein Baumhaus bauen, ein richtiges Baumhaus wie für Robin Hood. Ein Später aber hatte es nie gegeben. Eine Flasche Sekt mußte er noch besorgen. Statt der Brennesseln würden Sonnenblumen blühen, es würde Lou gefallen, es mußte ihr einfach gefallen. Der Gedanke, daß sie nein sagen könnte, war ihm nie gekommen. Nun mach schon, drängte der Preuße, noch eine Flasche, und nachher gehn wir zum Springbrunnen, die Hunde baden. Alex erschrak, er mußte Zeit gewinnen. Er durfte Lou heute auf keinen Fall verpassen. Gestern waren die Bullen dort, versuchte er einen Einwand. Sprotte sah zum Kleinen, Bulle, das war sein Stichwort, aber der Kleine sagte nichts. Ich hab eigentlich keine Lust auf Streß, sagte Alex. Es war eine Ausrede, und es war die Wahrheit. Es war also schwer zu erklären. Von Lou war nichts zu sehen. Alex kam langsam zurück. Ratte wurde unruhig, er stand vor der Glastür und bellte. Kluger Hund, sagte Alex, er nahm sich viel Zeit, ihn zu beruhigen. Bring irgendwas zu futtern mit, sagte der Preuße und klaubte ein paar Münzen aus der Tasche. Alex nahm das Geld, ohne es nachzuzählen, schüttete die Münzen aus der Blechdose dazu und machte sich auf den Weg. Noch zwei Monate, dachte er, nur noch zwei Monate.

In zwei Monaten war Abgabetermin, Michalke mußte sich beeilen. Der Gedanke an den Schreibtisch voller Bücher und Zettel hatte nun etwas Beruhigendes. Das Leben war viel zu verwirrend, zum Glück gab es genug Bücher, die vorgaben, es zu erklären, es in Wirklichkeit aber unter einem dichten Geflecht von wissenschaftlichen Begriffen und voreilig gezogenen Schlüssen erstickten. Gleichwohl, die Zitate würden den Professor zufriedenstellen. Was ging die anderen an, was er wirklich dachte? Er würde eine Rolle spielen, eine Diplomverteidigungsrolle, und er würde diese Rolle gut spielen. Heute eine Flasche Rotwein und in zwei Monaten dann Sekt, also nichts wie los. Über das Gesicht des Mannes, der vor einem der Regale stand, huschte ein Lächeln, zufrieden rieb er sich die Hände, als sei bereits getan, was eben erst als Idee in ihm entstanden sein mochte. Michalke hatte ihn sofort erkannt, aber Hundefutter konnte er nun wirklich nicht gebrauchen. Trotzdem lenkte er seinen Wagen nun in diese Richtung. Das also, dachte er, ist Herr Nämlich, das Objekt meiner Begierde. Aber er wußte plötzlich nicht mehr, ob es auch wirklich der Mann war, der am Morgen fast in sein Auto gelaufen war mit seinen traurigen Kälberaugen. Man trifft ja ständig Leute, von denen man glaubt, sie schon einmal irgendwo gesehen zu haben. Und nie fällt einem ein, wo es gewesen ist. Einen

Augenblick lang sieht man einen Menschen und traut sich nicht, ihn anzusprechen, und später glaubt man, ihn unbedingt wiedersehen zu müssen. Das ganze Glück hängt plötzlich von diesem einen Menschen ab, die Kleinanzeigenspalten der Zeitungen sind voll mit diesen Hilferufen. Die Unbekannte mit den wundervollen roten Haaren, die gestern in der Straßenbahnlinie 3 rechts am Fenster in einem Buch mit grünem Umschlag gelesen hat, der nette junge Mann im blauen Hemd, der letzten Sonnabend im Café Central vom Nachbartisch immer wieder herübergelächelt hat. Man hat einen Menschen getroffen, man glaubt natürlich, daß es ein besonderer Menschen ist, und würde dann, sollte man ihn tatsächlich wiedersehen, enttäuscht sein. Man weiß die Farbe des Buchumschlags oder die Farbe des Hemdes, sonst weiß man nichts. Ein Durchschnittsmensch, dachte Michalke, dieser Herr Nämlich ist ein ganz gewöhnlicher Durchschnittsmensch, und sagte sich sofort, daß es den ganz gewöhnlichen Durchschnittsmenschen natürlich nicht gab. Den gab es nur in seinen Lehrbüchern. Und in der BILD-Zeitung, wo immer wieder zu lesen war, daß ganz Deutschland trauere oder erschüttert sei, dann wieder war ganz Deutschland stolz, und manchmal schämte es sich auch. Die Zeitungen wollten klare Verhältnisse, ganz Deutschland sollte voller Durchschnittsmenschen sein, alle sollten die gleichen Gefühle haben, Durchschnittsgefühle, nur der oder die eine, vor dem ganz Deutschland zittert oder mit der ganz Deutschland fiebert, das war das Monster, der Dämon, das war das Idol, was in vielen Fällen aber kein großer Unterschied war. Die Leute sehnen sich danach, zum Durchschnitt zu gehören, aber sie können es erst genießen, wenn man ihnen immer wieder die Abweichungen vorführt, die zum Tode Verurteilten, die vom Glück Begünstigten. Und Herr Nämlich war nur ein älterer Mann in der Uniform eines privaten Wachdienstes, alles war, wie Michalke es erwartet hatte. Schütteres Haar und Bauchansatz, Schuppen auf dem Uniformkragen. Die Realität war nicht zu überlisten. Ein älterer Mann, der vor dem Hundefutterregal stand, einer alten Frau hinterherschaute und einem Gedanken nachhing, den keiner kannte, den er vielleicht selbst schon bald vergessen haben würde. Und nichts passierte, es passierte einfach nichts. Ein ganzes Leben lang passiert nichts, und irgendwann ist man ein alter Mann, dachte Michalke. Er stand jetzt direkt neben ihm, so nah, daß er wieder die geplatzten Äderchen und die dunkel umrandeten Tränensäcke sehen konnte, so nah, daß er lesen konnte, daß Herr Nämlich Grundmann hieß.

Warum eigentlich nicht Grundmann, fragte sich Sabine Schwarzer. Immerhin lebte er allein, aber das war egal, sie hatte schließlich keine in diese Richtung gehenden Absichten. Außerdem kannte sie ja sonst niemanden. Und Grundmann würde ihr bestimmt keine Ratschläge geben. Sie wollte keine Ratschläge, Ratschläge bekam sie von ihren Kindern, du mußt dein Leben ändern, sagten sie, du mußt endlich an dich denken, sagten sie. Jahrelang hatte sie versucht, ihre Kinder zu erziehen, jetzt, da sie erwachsen waren, versuchten die Kinder, sie zu erziehen. Sie wußte gar nicht, was sie von Grundmann wollte. Sie versuchte sich nur vorzustellen, wie es sein würde, mit einem fremden Mann in einem Café zu sitzen. Über was könnten sie denn reden? Immer stellt man sich vor, über was man reden könnte, weil man es sich nicht vorstellen kann, in einem Café zu sitzen und zu schweigen, und dann kommt doch alles ganz anders. Vielleicht spielte er Schach, sie spielte kein Schach, und er würde die ganze Zeit übers Schachspielen reden. Es wird Sie vielleicht nicht interessieren, würde er sagen und dennoch immer weiterreden, über eine geschickte Eröffnungsvariante vielleicht, über die beste Verteidigung, und sie würde ihm zuhören und so tun, als habe sie sich schon immer gewünscht, jemandem zuzuhören, der immerzu nur über Schach spricht. Und tatsächlich war es fast gleichgültig, über was sie sprechen würden, es würde ihr zeigen, daß sie noch lebte. Aber wenn sie sich vorstellte, mit Grundmann in einem Café zu sitzen, sah sie drei Leute dasitzen, immer sah sie Grundmann, sich und ihren Mann. Ihr Mann ging nie mit ihr in ein Café, auf keinen Fall würde er mit ihr und Grundmann in ein Café gehen, trotzdem sah sie ihn dabeisitzen. Sie sah seine hochgezogenen Augenbrauen, seinen mißbilligenden Blick, wenn sie sprach, seine auf die Tischplatte trommelnden Finger. Sein Blick und sein Schweigen waren von solcher Eindringlichkeit, daß sie die Augen niederschlug und verstummte. Grundmann schlenderte sicher irgendwo gelangweilt durch die Kaufhalle, sie brauchte nur hinzugehen und ihn zu fragen. Aber sie wußte überhaupt nicht, wie man jemanden so etwas fragen sollte. Vielleicht hatte er einen Kleingarten, dann könnte man über den Kleingarten reden, oder über Zimmerpflanzen. Es war ja schließlich nichts Verfängliches an einem Gespräch über Zimmerpflanzen. Ich habe einfach kein Glück mit Zimmerpflanzen, könnte sie sagen, ich habe schon alle Bücher gelesen, aber ich habe einfach kein Glück, ich brauche ganz dringend einen Rat vom Fachmann, sie sind doch Fachmann. Und erst dann würde sie ihn fragen, ob man nicht einmal zusammen in ein Café gehen wolle. Es würde den Anschein haben, daß es nichts mit ihr zu tun hatte, daß es nur wegen der Zimmerpflanzen wäre. Ein Gespräch über Zimmerpflanzen, dachte sie.

Der Chef spielte neuerdings mit dem Gedanken, neben ihrem Stand einen Olivenbaum aufzustellen, einen künstlichen Olivenbaum, aber täuschend echt, wie der Chef versichert hatte. Es mußte etwas mit den neuen Zielgruppen zu tun haben, so ein Olivenbaum würde bei unseren neuen Zielgruppen etwas auslösen, hatte der Chef gesagt. Bei ihr löste ein künstlicher Olivenbaum überhaupt nichts aus, sie machte sich überhaupt nichts aus Oliven, ein Dreckfänger würde so ein Baum sein, das war die Wahrheit, aber was interessierte den Chef schon die Wahrheit. Ihr Mann hatte ihr auch schon einmal eine künstliche Palme geschenkt. Er hatte ihr eine Freude machen wollen, und sie hatte ihm die Freude gemacht und sich über die künstliche Palme gefreut. Das wäre doch nicht nötig gewesen, hatte sie gesagt, und daß so etwas doch bestimmt teuer sei. Und ihr Mann hatte ihre Freude noch steigern wollen und gesagt, daß es sich um ein sehr günstiges Angebot gehandelt habe, um einen Ausverkauf aus einer Konkursmasse, und daß so eine künstliche Palme ihre Blätter nicht verlieren würde, eine künstliche Palme, hatte er gesagt, ist etwas für die Ewigkeit. Jeden Tag sah sie die künstliche Palme und wurde daran erinnert, daß sie mit Zimmerpflanzen kein Glück hatte. Zum

Glück hast du ja mich, schien ihr Mann jeden Tag durch die künstliche Palme zu ihr zu sagen. Immer wieder sagte sie sich, daß sie ja tatsächlich Glück gehabt hatte in ihrem Leben und daß man ja schließlich nicht alles haben konnte.

Grundmann wollte vor allem seine Ruhe. Aber hier in der Kaufhalle konnte man natürlich keine Ruhe haben, höchstens Langeweile, und mußte sich auch noch von jedem angaffen lassen. Er sah, wie der Blick des jungen Mannes, der plötzlich vor ihm stand, auf sein Namensschild fiel. Grundmann zog seine Uniform glatt und fragte sich, was der wohl von ihm wollte. Wie aus dem Nichts war er aufgetaucht und glotzte ihn an. Kontrollierte der ihn? Hatte Grundmann einen Fehler gemacht? Gab es einen Grund, sich beim Chef über ihn zu beschweren? Irgendwo habe ich den doch schon mal gesehen, dachte er. Keine Frage, dieses Gesicht kam ihm bekannt vor, aber er hatte in seinem Leben schließlich schon Tausende Gesichter von jungen Männern gesehen. Immer wenn er die Front der angetretenen Soldaten abgeschritten war, hatte er in ihre starren Gesichter gesehen. Manchmal war er stehengeblieben, so nah vor einem Gesicht, daß er den Atem gespürt hatte, so lange, bis die Nasenflügel des Rekruten zu zittern begonnen hatten. Die Angst, er spürte ihre Angst, er konnte sie riechen. Es hatte Momente gegeben, in denen er diesen Anblick genoß. Die Gesichter aber waren ihm fremd geblieben, Rekrutengesichter, Masken, hinter die er nicht zu blicken vermochte. Immer war für ihn hinter diesen Masken nur Leere gewesen, als hätte es kein anderes vorstellbares Leben als das eigene gegeben. Sie verfolgten ihn, er hatte sogar von ihnen geträumt, von diesen starren Gesichtern, die ihn mit ihrem Schweigen umstellten, die ihn bedrängten. Die weit aufgerissenen Augen, die schmalen, zusammengepreßten Lippen. Die Leere hinter den Masken hatte ihm angst gemacht. Wenn er aus diesen Träumen erwacht war, hatte er für Augenblicke geahnt, daß es die Leere in ihm selbst war, die es ihm unmöglich machte, hinter diesen Gesichtern Menschen zu sehen. Das Erwachen glich einem unaufhörlichen Fall, er verlor den Boden unter den Füßen, fiel in ein schwarzes Loch. Mit Alkohol hatte er versucht, die Angst und die Leere zu vertreiben, er hatte sie ertränken wollen. Anfangs hatte es funktioniert, und als es nicht mehr funktionierte, war es längst zu spät. Noch nach Jahren hatte er manchmal geglaubt, einem dieser Gesichter zu begegnen, in der Bahn, in der Kaufhalle, im Vorbeigehen auf der Straße, jedesmal war er zunächst erschrocken und dann erleichtert, weil in diesem Gesicht nie ein Zeichen des Wiedererkennens zu bemerken gewesen war. Und jetzt stand er wieder einem dieser Gesichter gegenüber, fast so nah wie damals, doch der andere hielt seinem Blick jetzt stand, so lange, bis Grundmann es nicht mehr aushielt und seinerseits den Blick abwendete. Einen fremden Blick aushalten, er konnte es nicht mehr, der Alltag war längst zum Alptraum geworden. Er schaute an dem Gesicht vorbei, suchte nach einem Punkt, an den er seinen Blick heften konnte, bis er den Punk sah, der sich von der anderen Seite zielsicher dem Schnapsregal näherte, von wo aus er Grundmann noch nicht sehen konnte. Wieder saß er in der Falle, der Chef war ganz in der Nähe, und Grundmann war sich sicher, daß auch er den Punk längst gesehen hatte, es ihm vor allem nicht entgangen sein konnte, daß auch Grundmann ihn sah. Grundmann mußte etwas tun.

Alex fühlte sich beobachtet, aber niemand war zu sehen. Alles würde wie immer sein. Er versuchte an Ratte zu denken, der draußen vor der Tür auf ihn wartete, und an Lou, die jeden Augenblick kommen konnte, vielleicht war sie schon da, aber ganz sicher würde sie wieder gehen, wenn sie ihn nicht finden würde. Er mußte sich beeilen.

Grundmann konnte nicht mehr umkehren, der Chef würde ihn jetzt nicht mehr aus den Augen lassen. Und dieser andere, was wollte denn dieser andere von ihm? Wie ein Vorwurf stand er da, wie ein Racheengel. Grundmann schwitzte, seine Knie zitterten, die Innenseite seiner Unterlippe war wundgebissen, er schmeckte sein Blut. Das war kein Spiel mit Pappsoldaten mehr, das war nicht die Schneise 17 auf seinem Meßtischblatt, das war das Leben, das war Krieg. Und außerdem trug er eine Uniform, keine richtige zwar, aber immerhin, so etwas verpflichtete trotz alledem.

Irgend etwas ist im Gange, dachte Sabine Schwarzer. Sie sah den Chef, der mit einer Mischung aus Neugier und Spannung zu Grundmann herübersah. Warum konnte dieser Mensch ihn nicht in Ruhe lassen? Sie mußte noch warten, in Gegenwart des Chefs würde sie Grundmann auf keinen Fall ansprechen können, aber sie würde es tun, ganz sicher noch heute.

Michalke hätte jetzt eine Flasche Wein nehmen und einfach verschwinden können, aber etwas hielt ihn zurück. Er griff nach einer der ausliegenden Broschüren über die Verwendung exotischer Früchte und begann darin zu blättern. Mango und Sternfrucht las er, ein Punk stand vor dem Schnapsregal und blickte sich um, Papaya und Physalis, Herr Nämlich alias Grundmann wirkte nervös, Kumquat und Karambole, die Frau an der Käsetheke schien auf etwas zu warten.

Dieser Wachmann war einfach lächerlich. Alex hatte ihn längst bemerkt, er ließ ihn nun nicht mehr aus den Augen. Irgendwann würde der andere für einen Moment seinen Blick abwenden, das würde reichen, es würde sein wie immer. Es war wie immer. Der Wachmann sah weg, einen Moment nur, aber das genügte, Alex griff nach der Flasche Schnaps und ließ sie geschickt in die Innentasche seiner Jacke gleiten, es ging ganz schnell, niemand konnte etwas bemerkt haben.

Grundmann war erleichtert, der Punk hatte ihn bemerkt, jetzt würde er sich nicht trauen. Der Chef konnte mit ihm zufrieden sein, auf Grundmann war noch immer Verlaß. Er sah zum Chef hinüber, dabei straffte sich seine Haltung unwillkürlich. Keine besonderen Vorkommnisse.

Die Mission war erfüllt, der Held konnte zu seinem Fußvolk zurückkehren. Alex wollte schon gehen, als er plötzlich die Sektflaschen sah. Zwischen all den Flaschen sah er die eine Flasche stehen, es gab kein Zurück mehr. Er dachte an den Bauwagen, an Lou und ihren Einzug. Es war wie immer. In zwei Monaten aber würde sich alles ändern, in zwei Monaten würden die Sektkorken knallen.

Grundmann glaubte, seinen Augen nicht zu trauen, er drehte sich sofort wieder zum Chef um. Vielleicht hatte der ja doch nichts gesehen, vielleicht konnte er sich noch rechtzeitig aus dem Staub machen. Der Chef aber nickte ihm zu, machte eine eindeutige Handbewegung. Granadillas sind runde, köstlich aromatische Früchte aus Kolumbien, las Michalke, dann ließ er die Broschüre sinken. Sabine Schwarzer legte ein Stück Käse auf die Schneidemaschine. Zugriff, bedeutete der Chef, während er selbst einige Schritte zurücktrat, seine Geste aber ließ keine Zweifel aufkommen. Der hat mir gar nichts zu befehlen, dachte Grundmann, aber Befehl ist Befehl. Er trat aus seiner Deckung und legte Alex die Hand auf die Schulter. Komm mal mit, hörte er sich sagen. Michalke hörte es auch, und Sabine Schwarzer hörte es. Grundmann hörte eine fremde Stimme. Alex zuckte zusammen, Panik befiel ihn. Er wollte weglaufen, aber der Wachmann hielt seine Jacke fest, er versuchte sich loszureißen, es war vergebens. Na also, sagte der Chef befriedigt. Michalke klappte die Broschüre zu. Die Schneidemaschine surrte leise und fraß sich ins Leere. Alex dachte an Ratte und an den Bauwagen, ein paar Tage würde er noch brauchen, bis alles fertig war, nur noch ein paar Tage. Er preßte die Sektflasche gegen seinen Körper, drehte sich plötzlich um und schlug dem Wachmann mit der anderen Hand vor die Brust. Grundmann war unfähig, dem Schlag auszuweichen, dennoch spürte er ihn kaum noch. Ein Blitz war in seiner Brust eingeschlagen. Grundmann sah die spitzen Dornen des Halsbandes vor seinen Augen verschwimmen. Täter auf frischer Tat gestellt, dachte er, dann dachte er gar nichts mehr. Grundmann taumelte, überall spürte er diese heißen, spitzen Dornen im Fleisch. Er trat einige Schritte zurück, verlor die Kontrolle über seinen Körper und fiel nach hinten. Er versuchte sich festzuhalten, im Fallen schlug seine Hand gegen die Pyramide auf der Käsetheke und riß sie um. Alex war die Schnapsflasche aus der Jacke gerutscht, sie fiel zu Boden und zersplitterte. Sabine Schwarzer schrie. »Tu dir was Gutes – gönn's dir« stand auf den Schachteln, die auf Grundmanns Brust lagen. Einen Arzt, wir brauchen einen Arzt, rief der Chef. Es stank nach Schnaps. Der Schnaps lief unter der Theke hindurch Sabine Schwarzer vor die Füße. Goldgelb wie Hundeurin, dachte sie. Grundmann lag auf dem Boden, seine Augen starrten zur Decke. Eine der Leuchtröhren flackerte. »Ich bin gern für Sie da«, stand auf Frau Schwarzers Brust. Er sah die Gesichter über sich, fremde Gesichter, Masken aus Meßtischblättern, zerfurcht und zerschnitten von einem Gewirr aus Wegen und Schneisen, schwimmend in einem wogenden Meer aus Licht, dann schwappte eine Welle über ihn, und ihm wurde schwarz vor Augen, roter Sand rieselte auf sein Gesicht. Sabine Schwarzer beugte sich über ihn, sie sah in die starren, feuchten Augen, in denen nur noch die Leuchtstoffröhre flackerte, zum ersten Mal schaute sie ihm in die Augen. Einen Moment lang herrschte Stille, eine Stille, die von Grundmann ausging, der dalag, als horche er in sich hinein. Sabine Schwarzer glaubte, daß er noch etwas sagen wollte, aber seine Stimme versagte. Warum ruft nicht endlich mal jemand einen Arzt, rief der Chef noch einmal und rührte sich nicht von der Stelle. Alex stand regungslos, fest verschnürt in ein riesiges Paket aus Watte, durch die die Stimmen drangen wie aus einer anderen Welt. Lou müßte längst da sein, dachte er, die Sektflasche noch immer fest unter seinen

Arm geklemmt. Michalke hatte die Broschüre weggelegt und schob seinen leeren Einkaufswagen schnell Richtung Kasse. Nur weg von hier, dachte er, weg, bevor die Gaffer kommen und er als einer der ihren gelten würde.

Lou sah sie sitzen. Den Preußen, Sprotte, Franz, den Kleinen. Alex' Hund stand vor der Tür und winselte. Alex war nicht zu sehen. Vom Königsplatz kommend, bog ein Krankenwagen mit Blaulicht in die Straße ein. Das Signalhorn heulte. Die Hunde richteten ihre Ohren auf. Mit quietschenden Reifen bremste der Wagen direkt vor dem Supermarkt. Der Kleine war aufgesprungen. Wahrscheinlich wieder irgend 'ne Alte beim Milchholen Herzflattern gekriegt, sagte er. Sprotte grinste und schob den Sanitätern schnell die Blechbüchse in den Weg. Endlich war mal was los. Dicke Luft hier, laßt uns abhauen, sagte der Preuße und erhob sich. Wo ist Alex? wollte Lou wissen. Das nenn' ich Service, höhnte der Kleine und hielt dem Notarzt seinen dreckigen Verband hin. Alex? Macht bestimmt grade Mund-zu-Mund-Beatmung. Der Kleine deutete einen Kuß an. Arschloch, sagte Lou und versuchte den Hund zu beruhigen, dessen Bellen heiser klang. Michalke ging an ihnen vorbei, er warf eine Münze in die Blechdose, obwohl er wußte, daß es keinem helfen würde, nicht einmal ihm selbst. Die Blechdose, der Papierkorb, die Häuser, alles stand auf seinem Platz, dennoch war ihm, als versinke die ganze Stadt. Und Herr Nämlich? »Der Mensch befindet sich nur allein in der wirklichen Welt«. Nämlich oder Grundmann, alles bloß Namen, alles bloß Irrtümer.

Nichts mehr zu machen. Der Notarzt richtete sich auf und gab dem Sanitäter die nötigen Anweisungen. Was soll ich jetzt bloß machen, fragte der Chef. Sabine Schwarzer versuchte, die Pyramide wieder aufzubauen. Sie war ganz ruhig, als sie die neben Grundmann liegenden Schachteln aufhob und übereinanderstapelte. Ihr schien, als müsse sie sich jedes Handgriffs neu erinnern, und dennoch ging alles wie von selbst. Die Hände versahen ihren Dienst, nur der Kopf war leer. »Arbeit ist der beste Trost«, der Spruch hatte sich in ihr Hirn eingebrannt. Alex stand noch immer regungslos und preßte die Sektflasche unter der Jacke an seinen Körper, bis es schmerzte. Er versuchte sich an ihr festzuklammern, doch sie gab ihm keinen Halt mehr. Aus Richtung der Kasse kam ein Mann, er sah aus wie Grundmann, nur seine Uniform war eine andere.